親王殿下のパティシエール❺

皇帝陛下とお菓子の宮殿

篠原悠希

ハルキ文庫

角川春樹事務所

目次

1791年当時の、愛新覚羅永璘周辺の系図と登場人物

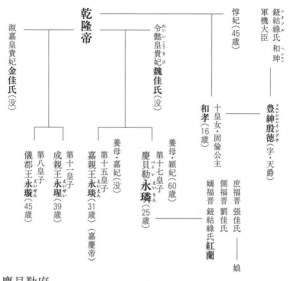

鈕祜祿氏《ニオフル》 和珅《ヘシエン》
軍機大臣

豊紳殷徳《フェンシェンインドゥ》（字・天爵）

惇妃（45歳）

十皇女・固倫公主
和孝（16歳）

乾隆帝

令懿皇貴妃《れいいこうきひ》**魏佳氏**（没）

淑嘉皇貴妃**金佳氏**（没）

養母・穎妃（60歳）
第十七皇子
慶貝勒《ベイレ》**永璘《えいりん》**（25歳）

庶福晋 張佳氏 ―― 娘
側福晋 劉佳氏
嫡福晋 鈕祜祿氏**紅蘭**

養母・嘉妃（没）
第十五皇子
嘉親王**永琰《えいえん》**（31歳）（嘉慶帝）

第十一皇子
成親王**永瑆《えいせい》**（39歳）

第八皇子
儀郡王**永璇《えいせん》**（45歳）

慶貝勒府

満席膳房
李膳房長

点心局
局長・高厨師
第二厨師・王厨師
徒弟・李二

漢席膳房
厨師・陳大河

賄い膳房
厨師・孫燕児
徒弟・李三

北堂
宣教師・アミヨー

永璘の側近
永璘の近侍太監・黄丹
侍衛・何雨林《かうりん》（永璘の護衛）
書童・鄭凜華（永璘の秘書兼書記）

マリーの同室下女
小杏（18歳）倒前房清掃係
小葵（16歳）同上
小蓮（16歳）厨房皿洗い

杏花庵
マリー

海晏堂銅版画

第一話

皇家庭園と親王ア・ラ・カルト

西暦一七九一年　乾隆五六年　晩秋
北京内城／円明園

菓子職人の見習いと、作者不明の油絵

清国人《しんこくじん》を母に、フランス人の菓子職人を父に持つ、フランス生まれパリ育ちの、マリー・フランシーヌ・趙《ちょう》・ブランシュが、革命に荒れる祖国を逃れ、清国の北京《ペキン》に移り住んで一年が過ぎた。父の跡を継《つ》いで菓子職人を目指すマリーの勤《つと》め先は、大清帝国第六代皇帝の第十七皇子、愛新覚羅《あいしんかくら》永璘《えいりん》の住まいである慶貝勒府《けいベイレふ》の膳房だ。

その西洋の菓子職人の評判を耳にした著名な詩人、かつ食通としても知られた袁枚《えんばい》が王府を訪れ、長かった滞在を終えて去ると、秋の深まりも相まってか、王府はとたんに嵐が過ぎ去ったような静けさに包まれた。

とはいえ、慶貝勒府は常時百人を超える使用人が忙しく働く大所帯だ。その日常が静かなはずがないのだが、毎日ひっきりなしに訪れていた袁枚目当ての訪問客がピタリと途《と》絶《だ》え、人の出入りが少なくなったために、寂《さび》しさを感じるのは仕方がない。

「倒座房《とうざぼう》は、まるで火の消えたような寂しさよ」

永璘とその家族の住む後院の奥御殿までは通されない、一般の訪問者や業者を接待する倒座房の清掃係を務《つと》める小葵《しょうき》は、退屈そうに繰り返しつぶやく。

十代後半の、四人の下仕えの少女たちが、寝食をともにする使用人長屋の一室だ。

小葵の繰《く》り言に、先輩の小杏《しょうあん》がきつい口調で反論した。

「倒座房の忙しさは、袁先生が来る前と何も変わってないわよ。厨房《ちゅうぼう》には新人の厨師が増えて、前院は以前にもまして人が集まって賑《にぎ》わってるし」

同室の小蓮《しょうれん》とマリーは、一日の仕事を終えて、厨房から運んできた夕食を卓の上にならべつつ、同僚《どうりょう》たちのささやかな言い争いを聞き流していた。

小葵はへこたれずに先輩の小杏に言い返す。

「だって、わたしがお勤めを始めてすぐに袁先生が滞在されたのだから、それ以前のことなんて知らないですよ」

「そう言えばそうよね」

白飯の茶碗を並べ終えて、ふたりの言い合いに嘴《くちばし》を挟んだのは、厨房洗い場係の小蓮だ。

小葵が来るまでは、部屋では一番の年下であった小蓮は、先輩風を吹かせることのできる小葵の肩を持つ傾向が強い。

慶貝勒府《けいベイレふ》に勤めるようになったのはマリーより小蓮が先なので、本来なら後から入ったマリーが、小蓮を先輩として立てるべきではある。

だが、マリーは小蓮よりも一、二歳は年上で、しかも持ち場が異なる上に、厨師見習いであった。したがって、使用人の序列的に、下女の小蓮はマリーに対して一歩も二歩も控《ひか》えなくてはならない。

「私がお勤めを始めたころは、もっと静かだったわ。老爺《ラオイエ》が長いこと留守《るす》にされていたときだったもの。老爺がご帰還なさってからは、どんどん忙しくなって大変だと思っていたけど、袁先生がいらしてたときの賑わいに比べたら、まだまだ安閑《あんかん》としていたように思えちゃうもの。ねえ、瑪麗《マリー》」

マリーが返答するよりも早く、小杏が言い返す。

「瑪麗は老爺のご帰還といっしょに勤めだしたんだから、比べることなんてできないでしょ」

小杏、小蓮、小葵の六つの瞳が、それぞれ自分の意見への同意を求めて、一斉にマリーへと向けられる。

いきなり会話にひきずり込まれたマリーは、ひとりずつ顔から顔へと視線を移して、バツの悪い笑みを浮かべた。

「私はいつも忙しかったし、いまも忙しいと思うよ。ほら、厨房は暇なときがないからね」

作る料理が少なければ、道具の手入れに手間をかけ、時間が余れば厨房を隅々《すみずみ》まで掃除する。献立《こんだて》の整理や試作にも余念がない。徒弟ならば上位の厨師に命じられた雑用もこなさなくてはならず、暇《ひま》だの安閑だのとは言っていられないのが料理人の毎日だ。

さらに、異国人のマリーは、清国の料理や調理法に馴染《なじ》みがなく、少しでも時間があれば、袁枚に贈られた中華料理のレシピ集『随園食単《ずいえんしょくたん》』を読み、また本職の菓子作りのために、工芸菓子の設計やレシピに添えるスケッチ画の練習にも励《はげ》んでいるので、安閑とした時間など持てた日がない。

「まあでも、袁先生がお帰りになってから、レシピの整理や試作に励む時間ができて助かってる」

袁枚の滞在中は、北京の味食べ歩きに付き合わされ、自分の時間はまったく取れなかった。新しい味や料理、中華のお菓子との出逢いはありがたかったものの、マリーは傍目《はため》にもわかるほど太ってしまった。

だが、落ち着いたいま、隙間《すきま》時間には、点心局の兄弟子の孫《そん》厨師こと燕児《えんじ》や、徒弟仲間の李二《りに》、李三《りさん》の兄弟と『随園食単』を読み合わせ、上司の高《こう》厨師を質問攻めにしたり、地方の菓子にも挑戦したりもしている。

この日も、食事を終えれば前院の賄《まかな》い厨房で、夕暮れまで若手厨師の勉強会だ。

慶貝勒府《けいベイレふ》の主人である永璘は、この秋までに満席と漢席の膳房を王府内に建て、さらにこれまでの厨房を、使用人たちの賄い所と西洋式石窯《いしがま》を備えたフランス菓子工房に改築させた。

西洋式石窯は、はるばるフランスから連れ帰った菓子職人見習いのマリーが、存分に永璘の好きな洋菓子を焼き上げるために造られたものだ。

だから、マリーは通常の厨房業務の他にも、この西洋式菓子工房でパンや菓子を作るという、まさに三面六臂《さんめんろっぴ》の多忙さであった。

そんなわけなので、マリーは同室の少女たちのおしゃべりや議論、あるいは言い争いに口を挟む暇もなく、慌ただしく夕食を腹に詰め込んで、お茶を飲み干《ほ》した。それから、とりあえず空《あ》いた食器だけを、提盒《おかもち》のひとつに入れて厨房へと急ぐ。

厨房には、すでに若手厨師と徒弟たち、そして最近になって漢席膳房のために雇《やと》い入れられた江南《こうなん》出身の厨師が集まっていた。

本来ならば、宮廷《きゅうてい》の膳房には肉と魚料理の葷《クン》局、野菜料理と植物油を扱う素《スー》局、肉を焼いたり炙《あぶ》ったりする掛炉《かけろ》局、粥や米飯を扱う飯《ハン》局、そして軽食や菓子類を作る点心局があり、それぞれの局には主任と料理人を併《あわ》せて七人、つまり常時三十五人の厨師が忙しく働いている。皇帝のための膳房であれば、さらに監視官と、資料や会計を担《にな》う官吏《かんり》が数人所属するのだが、親王から国公といった、王府の膳房組織の規模はそこまで大きくも厳密でもない。

まして新興の貝勒《ベイレ》府の膳房は、さらにゆるやかであった。新築の漢席膳房は、まだ厨師の数がそろわず、各局の料理を得意とする厨師がひとりずつに、彼らが連れてきた助手や徒弟がいる程度なので、全体で十数人。しかも彼らは、たびたび前院の賄い厨房の手伝いに駆り出される。

そのため厳密な部署分けはせずに、賄い厨房に配置された古参の若手厨師と共同で仕事を回していた。

——まあねぇ。

とマリーは内心でつぶやく。

——満漢席をそろえても、膳房から出されるごちそうを食べるのが老爺《ラオイエ》と三人のお妃《きさき》さまたち、それからまだ幼い姫さまがひとりだもの。上級の使用人たちの分を合わせても、たくさん作る必要がないし、漢席の料理だって、ひとつかふたつの品目を添えるだけだから、そんなに人数も要《い》らないわけだし。

大事な客をもてなすために腕を研鑽《けんさん》することは大事だが、日々の需要がそこまでないのだから、永璘の家族が増えるまで、必要以上に厨師を増員する意味もない。

と、マリーは西洋人らしい合理主義で現状を肯定《こうてい》し、北京の若手厨師と、江南出身の若手厨師らの勉強会に意欲的に取り組んでいる。

そんなマリーを、新人厨師の陳大河《ちんたいが》が極上の笑みで迎えた。

「やあ、瑪麗《マリー》も来たね。今日は干糸《ガンスー》を作るよ。南京《ナンキン》で食べたのを、覚えているかい」

「押し豆腐を細く切って麺《めん》にして、スープでいただく料理でしたね。すごくさっぱりした点心」

「そうそう。北京の鹹豆腐糸《シエンドウフスー》とは作り方が違うから、比べてみると面白いと思って。下々が常食にしている淡泊な白干《バイガン》と、皇上が南巡の折りに召し上がったという煮込み干糸の九《ジウ》糸湯《スータン》」

夏の間に、黄河《こうが》に沿って北京や華北の料理を学んできたという大河は、まだ日焼けのあとが褪《さ》めず、濃い色の肌に白い歯がやたらに目立つ。

王府の侍女や女中たちが色めきたつような好男子ぶりだが、マリーの好みは清国女子とは路線が異なる。とはいえ、大河は他の熟練厨師とは違い、マリーが女性や外国人であることを意に介さず接してくるので、先輩の燕児や同僚の李兄弟と同じようにありがたい存在だ。

「楽しみです」

マリーも屈託《くったく》なく微笑《ほほえ》み返す。

「鍋子《グオヅ》も片手で扱えないのに、瑪麗《マリー》が料理を覚える意味があるのか」

要らぬ茶々を入れてくるのは、膳房の素局《スー》から回されてきた厨師だ。

「確かに私はデザート専門ですけど、食後に何をお出しするかは、料理との兼ね合いもありますから、一般料理の知識は必要です」

その厨師はふんと鼻を鳴らして、野菜の下ごしらえを始める。出鼻をくじかれた体《てい》のマリーの肩を、ぽんと叩いたのは兄弟子の燕児だ。

「気にすんな。ただの八つ当たりだ」

小さな声でささやいた。膳房から賄い厨房に回された厨師の中には、そのために宮廷料理人への道を閉ざされたように感じている者もいる。燕児のように、宮廷料理以外の料理に興味を覚え、不可知の将来に備えようと考える者ばかりではないのだ。

「鍋子を扱えないのは本当だから、冷やかしだと思われても仕方ないね」

清国の女性から見れば大柄なマリーも、燃えさかる炎の上で巨大な半球の鍋を踊《おど》らせ、大きなお玉を操って大量の炒《いた》め物や焼き物を作るには、今ひとつ筋力に欠《か》ける。

小麦粉や砂糖の袋を担《かつ》いで運ぶのに、男の厨師らにひけを取ることはないのだが、厨師助手であった当時の燕児ほどにも、鍋子を自在に操ることはできなかった。

熟練の厨師の技では、あたかも体の芯から腕の先、そして手に握った鍋子にまで一本の神経が通ったかのような滑《なめ》らかな動きで、鍋の中の具材がリズミカルにロンドやワルツを舞う。

——年季の入り方もあるとは思うんだけど、鍛《きた》えてきた筋肉とか体幹が違うんだわ。バレエもそうだけど。

と、悔し紛《まぎ》れに分析するマリーだ。

マリーは、女にできないとされていることで、男と張り合うつもりは毛頭ない。努力してできることは可能な限りついていく気は満々だが、肩を傷《いた》めてまで中華料理の神髄《しんずい》に迫ろうなどとは夢にも思わなかった。

悄然《しょうぜん》としつつも、マリーは顎《あご》を上げて燕児に笑いかけ、下ごしらえを手伝うために手を洗う。

調理台に並んだ材料と調味料を、マリーは鉛筆で帳面に書き付けてゆく。鉛筆はまだ清国では一般的ではないのだが、墨《すみ》と筆のように場所を取らず、墨をこぼしたり散らしたりして周囲を汚す心配がないので、厨房で記録を取るには都合がいい。

他の厨師ならば、余計なことをせず、先達のやることから目を離すなと叱《しか》られるところであるが、マリーは漢語が不得手であることや、若手や徒弟ばかりで、むしろその覚え書きをあとで写させて欲しいという者も少なくないことから、マリーの筆記作業を大目に見る空気ができあがっていた。

陳大河が、その日に作って水抜きした大白豆腐干《ダーバイドウフガン》を並べて、燕児らに北京の鹹豆腐干《シエンドウフガン》との違いを説明し始めた。

「加工の段階で切り分ける北京の豆腐糸《ドウフスー》と違って、揚州《ようしゅう》ではできあがった豆腐干をうんと薄く切って、さらに重ねて糸のように細く切っていく。髪の毛のように細く切れるかどうかが、厨師の腕の見せ所だ」

大河は豆腐干に包丁を入れて、薄く切っていく。ぺろりとまな板に積まれていく豆腐干のスライスは、ガレットやクレープよりも薄い。

「よく崩れないわね」

マリーが感心してつぶやけば、隣の燕児が小声で応じる。

「豆腐を作る段階で押しを強くして、密度をうんと高くしてあるんだろうな。簡単には崩れないように」

大河は向こうが透《す》けるほどに薄く豆腐干をスライスし、さらに一枚一枚重ねて、すいすいと糸状に切り始めた。とても繊細《せんさい》な作業なのに、包丁さばきには迷いがない。

あっというまにこんもりとした、白い干し糸の山ができた。

大河は沸《わ》かした湯に豆腐糸を通し、二口分ずつすくい上げては小鉢に盛って、ひとりひとりに配らせた。

「湯通しをしただけの燙干糸《タンガンスー》だ」

まずは豆腐の旨味《うまみ》と食感を味わう趣向《しゅこう》らしい。

他の清国人厨師のように、つるつると糸麵を吸い込むことはマリーにはできなかったが、豆腐糸の軟《やわ》らかく、それでいてしなやかなコシの強さときめ細かな食感、濃厚な豆腐の風味に驚くばかりだ。

「お豆腐にこんな食べ方があるなんて！」

感心しているマリーの碗に、大河が二杯目の豆腐糸を盛り、千切りにした葉生姜《はしょうが》と干しエビを載せて鶏湯《けいとう》を注ぎ、ごま油をひと垂らしした。

シンプルな具材といつもの鶏湯なのに、絹糸のような豆腐糸の繊細さが、具材とスープの妙味《みょうみ》を包み込み、味も香りも芳醇《ほうじゅん》さを増している。

「おいしい！」

陶然《とうぜん》として舌鼓《したつづみ》を打っていたマリーは、はっと碗と箸《はし》をおろすと、あわてて帳面と鉛筆を手に取った。まだ盛り付けている状態の他の碗をのぞき込んで、いそいでスケッチする。上手に写し取れたとは思えないできであったが、あとで微細な部分を思い出すには有効な手段だ。

鹹《シエン》豆腐糸を用いた料理は北京でも作られ、日常的に食べられてはいるが、いま大河の作ってみせた豆腐糸とは食感が違う。

作る工程が異なるのだろう。二杯目をつるりと食べた燕児がうなずく。

「北京じゃ寒い季節の早点《そうてん》には、鶏湯に片栗粉と生姜を加えた豆腐脳が定番だが、これも悪くはないな」

朝食前、起き抜けに食べる軽食を早点と呼ぶ。厨房で朝が一番早いのは点心局であると言われるゆえんだ。

マリーも去年までは、燕児と李兄弟で早点《そうてん》を作っていたのを懐《なつ》かしく思い出す。燕児と李三が前院の賄い厨房に移ってしまったこの冬は、局長の高厨師はともかく、マリーを嫌っていることを隠しもしない王《おう》第二厨師の下で、早朝から働かねばならない。

そんなマリーの内心をよそに、燕児は大河を相手に話を続ける。

「陳厨師はこっちの冬は初めてか」

「はい。南京にも雪は降りますが、北京はもっと寒いんでしょうね」

漢席の厨師たちが一斉にうなずいた。

「ぜんぜん違う。北京の冬は、骨が凍《こお》る寒さだ」

冬が始まる前から身震《ここ》いして応じたのは、大河と前後して入ってきた漢人厨師だ。

「毛皮を用意してないと凍え死ぬ」

大河以外の漢人厨師はみな、親の代か、または数年前に江南から北京に移住してきた厨師ばかりだ。別の王府の膳房や、江南料理を出す茶楼《さろう》や酒楼に勤めていた南方ゆかりの厨師が、京城内の伝手《つて》を頼って応募してきた。

五人しかいない漢席厨師たちの間では、まだ序列は定まっていない。とはいうものの若いながらも、王府のあるじ永璘による招聘《しょうへい》と、食通の袁枚《えんばい》の推薦《すいせん》によって膳房入りし、つい最近まで南京で包丁を振るっていた陳大河の存在感は大きい。

必然的に、大河は漢席膳房の首席のような立場にあり、終業後の勉強会も、ほぼ大河が主導していた。

「毛皮がいるのか。どこへ行けば買えるのかな」

雑談をしながら、各々が包丁を持ち、豆腐干《ドウフガン》を薄く切っていく。

「難しいなぁ。細さがそろわない」

「おまえ不器用にもほどがあるだろ。そろわないどころかどんどん崩れていくぞ。豆腐糸《ドウフスー》じゃなくて、豆腐粉だ」

「包丁が重いんだよ」

李二と李三が言い合っているところへ、マリーが近づく。それほど大きくもなく軟らかな豆腐を切るには、大きすぎる中華包丁に違和感を覚えるマリーだ。

だが、清国の料理人は、何を切るにもこの長大で幅の広い長方形の方頭刀《ほうとうとう》か、あるいは北京では幅広ながら刃先に丸みをつけた馬頭刀《ばとうとう》が使われる。

そして、まだ十代半《なか》ばで、マリーとそれほど変わらない体格の李三が、その重さに文句を言いつつも、軽々と中華包丁を操っているのだから、感心してしまう。

「李二も李三も、上手《じょうず》に包丁を使うのね」

李二が顔を上げた。

「瑪麗《マリー》もそろそろ、包丁を使う許可は出ないのか」

「甜心《てんしん》作りにも、必要かな」

菓子作りには、マリーはフランスから持ってきたペティナイフを使っている。

「そりゃそうだ。それに、家庭の主婦だって同じ包丁を使うんだから、何を作るにも包丁を使いこなせるようにしなけりゃな」

「普通の主婦も、この方頭刀を使っているの？」

マリーは心底驚いて聞き返す。手斧《ておの》並の重さがあるのだから、これは男の職人専用だと思い込んでいた。

そこへ、燕児が話に加わった。

「骨付きの肉や魚を捌《さば》く必要がなけりゃ、薄刃の方頭刀を使えば良い。大きさも、瑪麗《マリー》の体格に合わせたのを発注すりゃいいさ。包丁は厨師の財産で、一生ものだからな」

燕児は厨師助手から厨師に昇格したときに、徒弟時代から貯《た》めていた給金で買った馬頭刀を見せびらかす。

未《いま》だ徒弟で自分の包丁を持っていない李二と李三は、うらやましそうに燕児の包丁を眺《なが》めた。

「ふうん」と、マリーはつくづく燕児の包丁を見つめ、これもスケッチする。

「持ってみるか」

「いいの？」

マリーは手帳を置いて、燕児の包丁を手に取った。マリーは菓子職人を目指すだけあって女性としては腕力はある方だが、大きな鋼《はがね》の包丁を片手で持ち上げるためには、足を踏ん張って歯を食いしばらなくてはならなかった。

「重たい。使い慣れるのに時間がかかりそう。利《き》き手に中華包丁、もう一方の手には鍋子《グオヅ》を操る清国の厨師は、昔の騎士様みたいに強いんじゃないかしら」

歩兵が銃剣付きのマスケット銃で戦うこの時代、盾《たて》を担いで剣や斧を振るう兵士や騎士は昔物語の存在だ。

化粧《けしよう》っ気《け》もなく、肌の色こそ白いが頬と鼻にはそばかすの浮いたマリーは、髪も清国の男子のように一本の辮子《ベンツ》（おさげ）に編《あ》んで頭に巻き付けている。

一見したところは、異国人めいた容貌《ようぼう》が忘れ難《がた》い印象を与えるマリーであったが、妙齢の女子には違いない。賞賛を込めた榛《はしばみ》色の瞳で率直に褒《ほ》められて、包丁を持った厨師や徒弟らは、照れ臭そうにあっちやこっちを向いては、鼻をこすったり、包丁さばきを加速させた。


このようにして、江南の料理が賄いに出されるようになり、試行錯誤を繰り返して味や見た目が整えられ、膳房の献立《こんだて》にも加わっていく。

厨房がひとつから三つに増え、厨師の種類と数も二倍半と、去年までの慶貝勒府《けいべいれふ》とはまったく空気が変わってしまったが、活気づいてきたことはむしろ歓迎すべき変化といえるだろう。

　包丁や調味料だけではなく、言葉の発音や使い方から異なる江南出身の新入り厨師と、古参の北京厨師との間に溝《みぞ》や対立が存在するとしても、それはまだ表面化していない。

　これからも目に見えるような問題や騒動が起きなければいいと、マリーは毎晩の就寝前に自分の信じる神に祈った。

　そんな日々、秋から初冬のさまざまな行事をこなしていくなか、南京へ帰宅した袁枚《えんばい》からマリーへと小包が届けられた。蠟引《ろうび》き紙に包まれた、大きく平べったい長方形の包みだ。

　中身に心当たりのあったマリーは、仕事が終わってから、小包を抱えて西園の杏林《きょうりん》にひっそりと建つコテージの杏花庵《きょうかあん》へ行った。

　北京の中心、内城にありながらも、皇族や重臣ら高位の旗人《きじん》——ヨーロッパ風にいえば『貴族』——の住む王府には、宮殿群の敷地面積に匹敵《ひってき》する広大な庭園が備わっている。

　小ぶりながら山もあり、色みの豊かな岩石によって断崖《だんがい》の模された谷もあり、池に注ぐ小川には赤い欄干《らんかん》の太鼓橋《たいこばし》がかかっている。蓮《はす》や睡蓮《すいれん》の浮いた池には、水上の逍遙《しょうよう》を楽しむための平たい橋がジグザグに走り、角々には四阿《あずまや》や亭《ちん》が建てられて散歩者がいつでも足を休め、風景を楽しめるようになっている。

　一見、草花や照葉樹の茂《しげ》る山野と見える風景も、熟練した庭師の手によって、自然の妙味を再現したものだ。

杏花庵は、文字通り杏《あんず》の樹林に囲まれていた。貝勒府《ベイレふ》の宮殿群は巨岩によって二重に目隠しされ、長閑《のどか》な田舎《いなか》の一軒家の趣《おもむき》を湛《たた》えている。

杏花庵は築年数も定かではない古い田舎家で、かつては貝勒府の茶師を務めた太監《たいかん》が晩年をここで過ごした。主人の永璘とその妃が、散歩の折りに立ち寄って太監から茶を供される、茶房を兼ねた休憩所《きゅうけいじょ》であったが、その老太監が他界してのちは、しばらく放置されていた。

マリーが慶貝勒府に来て三ヶ月かそこらで起きた『アーモンド騒動』のために謹慎処分を受け、一時的に厨房を追い出されたときに、永璘が杏花庵に密閉式オーブンを設置し、そこで菓子作りが継続できるように改築してくれた。膳房に復帰し、さらに賄い厨房に大型の密閉式オーブンができあがった現在でも、杏花庵の西洋式茶房としての役割は続いている。

杏花庵の軒下《のきした》には、薪《まき》が積み上げてあった。永璘の近侍《きんじ》で、杏花庵の管理人も兼ねる太監の黄丹《こうたん》が、いつでも茶房として使えるように、薪を補充し、水を運んでくれている。マリーはレシピの研究や漢語の学習、絵の練習を杏花庵でするので、黄丹の手配はとても助かっていた。

杏花庵に入ったマリーは、竈《かまど》に火を入れて、湯を沸かし輸入物の紅茶を淹《い》れる。

厨房の下働きにはありえない贅沢《ぜいたく》であったが、故国フランスを偲《しの》び、ホームシックを予防するには必要な儀式であった。

「紅茶もいいけど、コーヒーならもっと落ち着くのになぁ」

詮《せん》ない愚痴《ぐち》ではあったが、誰もいないのだから言っても許されることだろう。

フランスから持ってきた薔薇《ばら》模様のティーカップに、ルビー色の熱い液体を注ぎ、その高貴な香りを胸いっぱいに吸い込んだマリーは、奥の部屋の炕《かん》に腰かけ、二重三重に包まれた小包を開いた。

中から、キャンバスに描かれた、油絵の風景画が二枚、出てきた。

「うわぁ。本当に西洋画」

一枚は広東《カントン》の山野の風景を、もう一枚は港の雑踏《ざっとう》と背景を描いたものであった。筆遣いや構図、行き交う苦力《クーリー》らの汗の臭いまで感じられそうな肉感と情感に富んだ表情、南方の港町に照りつける太陽と、そのために生まれるくっきりとした陰影の写実的な捉え方、重ねていく絵の具の載《の》せ方は、西洋人の画家の手によるものとはっきりとわかる。

絵の隅《すみ》を見ても署名が記されておらず、裏面にもなんの覚え書きも残されていない。画家の名も、描かれた年代も定かではないが、絵の具の様子から半世紀以上は前のものと思われる。実際に背景となった場所へ行けば、建造物の変遷《へんせん》によって描かれた時期は明らかになるであろう。しかし広東のどこか、では探しようがない。

「港の風景も、澳門《マカオ》とはちょっと違うみたいだし」

マリーは首をひねりながら、伝統的な西洋画の筆致を指先でたどる。

壁の隅に畳《たた》まれていた画架を出して、油絵を立てかける。少し距離をとってじっくりと眺めた。

「これが本当にカスティリヨーネ助修士さまの絵だったら、すごい発見だけど。署名がないのではどうしようもないなぁ。画風や癖《くせ》みたいなのを見分けられるほど、カスティリヨーネ助修士さまの絵を見慣れていない限りは——あ、そうか」

マリーは右手で作った拳《こぶし》で、左の手のひらをポンと叩いた。

「アミヨー神父さまや、パンシ神父さまに見てもらえばわかるかも。南堂のロドリーグ神父さまも、同じイタリア人だから、カスティリヨーネ助修士さまのスケッチや、欧華折衷《おうかせっちゅう》の様式以前の作品を見たことがあるはずだし」

さっそく次のミサに持って行って、鑑定してもらおうと心に決める。しかし、この絵を永璘に見せてもよいのだろうかと、マリーは迷った。

永璘は幼いとき、誰にも教えられないのに西洋風の絵を描いたことで、父親の乾隆帝《けんりゅうてい》に絵を描くことを禁じられた。

万が一にもこの絵が乾隆帝の目に留まったら、永璘が描いたと思われて罰《ばつ》を受けたり、絵を燃やされるという災《わざわ》いを呼び寄せたりはしないだろうか。

目利《めき》きが見れば、この絵の古さは一目瞭然《いちもくりょうぜん》で、永璘の手ではないことは明らかだ。

絵を描くことは禁じられた永璘だが、西洋美術品の収集は禁じられていないようで、洋行では多数の美術品も買い込んでいた。だから、この油絵がそのひとつであるとか、あるいはマリー自身が澳門で求めたものであると言い訳しても、問題はなさそうだ。

いや、もともとこの油絵は袁枚《えんばい》の所有であり、贈られたのではなく借りているだけなのだから、公《おおやけ》に問題があるようなら、正直にそう報告すればいいのだ。澳門《マカオ》や広東に近い江南の都市に、西洋の美術品が多少流通していてもなんの不思議もない。

それに、袁枚から絵が送られてくることは、カスティリヨーネの墓参の許可をもらったときに、永璘の正妃——韃靼《だったん》語では嫡福晋《ちゃくふくしん》と称される——鈕祜祿《ニオフル》氏に話してある。永璘もきっと楽しみにしているであろう。

「うん。大丈夫」

マリーはひとりで納得し、絵画をふたたび包み直そうとして思いとどまった。もういちど絵を画架に置き、紙と鉛筆を出して油絵の模写を始める。

もしもこの絵が、本当に渡華以前すでに名の知れた芸術家であったカスティリヨーネの未発表の作品であれば、模写するだけで一流画家の構図の取り方や遠近法を学べる、よい教材となり得るからだ。それに、たとえカスティリヨーネの作でなくても、目の前の絵画に拙《つたな》い点は見出せず、本職の画家の手になるものであることは明らかだった。

ひととおり模写を終えて、二杯目の紅茶を淹れる。工芸菓子の設計のために、建造物や静物のスケッチと彩色を主に練習してきたマリーは、風景は建物より簡単だと思っていた。しかし、模写の難しさに、そうでもないことを思い知る。とはいえ、風景画は菓子作りには関係ないので、多忙な毎日にこれ以上の時間は割《さ》けられない。

日が傾き、灯《あか》りの必要な時刻となってきたところで、マリーは絵の道具を片付け、絵画をしまった。

　そこへ、黄丹が顔を出す。

「ああ、やはりこちらにおいででしたか。老爺《ラオイエ》が趙小姐《シャオジエ》をお呼びです」

「袁先生からお借りしている油絵を、老爺はご覧になりたいのですね」

　袁枚から荷が届いていることは、執事が報告しているだろうから、呼び出されることは予測していた。ただ、この日は退庁の時間が二刻を過ぎても永璘が帰宅しなかったので、後宮へ養母の穎妃《えいひ》を訪ねているのか、あるいはどこかよその王府に招かれたのだろうと思っていた。

「はい、奴才《やつがれ》がお持ちしましょうか」

「お願いします」

　マリーが自分で運べない重さでも大きさでもないのだが、黄丹は仕事を頼まれるといつも嬉しそうな顔をする。

　黄丹は手渡された包みを恭《うやうや》しく押し頂き、マリーの先を歩いて後院へと向かった。

　慶貝勒府《けいベイレふ》では最も大きな宮殿である永璘の正房《おもや》は、それ一棟で大家族が住めるような豪邸である。乾隆帝の末皇女、和孝《わこう》公主に伴われて春に訪れた紫禁城《しきんじょう》の、後宮の宮殿群に劣《おと》らない豪奢《ごうしゃ》さだ。

　しかし、この正房に住むのは永璘ひとり。永璘の三人の妃は、屋根付きの過庁《かちょう》に隔《へだ》てられた後院、中院、前院に、それぞれ二棟ずつ東西に向かい合って建てられた六棟の廂房《わきのや》のうち、後院と中院の廂房《わきのや》にひとりずつ住んでいる。

残り三棟の中院と前院の廂房は空き家であった。

その六つの廂房も、それぞれが二階建てかと見まがうほど屋根が高く、丹《に》の太柱は多く、部屋もいくつあるのか、居間と控《ひか》えの間より奥へ入ったことのないマリーには、想像もつかない。

正房《おもや》も廂房も、それらを隔てる過庁《かちょう》も、艶《つや》やかな飴《あめ》色に輝く瑠璃《るり》の瓦《かわら》を戴《いただ》き、ギリシアの神殿を支える列柱を赤く塗ったような柱が、回廊や宮殿の厚く重たい庇《ひさし》を支え、精緻《せいち》な透かし彫《ぼ》りの破風《はふ》や窓には、毎日がクリスマスかと思うほど、赤と緑の塗料がふんだんに使われている。それぞれの表扉の上にかけられた青い扁額《へんがく》は、漢字と韃靼《だったん》文字が金色の流麗な書体で彫られていた。

清国の広大さや豊かさについて何の知識もなければ、ここが皇宮だと言われても信じただろう。

それでも、慶貝勒府《けいベイレふ》は王府としては控えめな規模であるという。

上は親王から下は国公までの、世襲《せしゅう》王家の王府は、世代を重ねて拡張と改築を繰り返し、二階建て、三階建ての宮殿が並び、四隅に都を見渡せるほどの楼閣《ろうかく》も備えているという。さらには、西洋の城が礼拝堂を有するように、邸内に仏塔まであるらしい。

敷地内には森とも山とも見まがう庭園が、大都会の真ん中であるとは思えない広さと、野趣に満ちた清閑さを保っているというのも、新興の慶貝勒府の比ではないという。

マリーがただひとつ訪れた他家の邸宅といえば、王家や重臣たちの中でも最も贅を尽くした、軍機大臣和珅《ヘシエン》の邸《やしき》だ。

北京はもとより、大清帝国一の、あるいは世界で一番の富豪であるかもしれない和珅の邸宅は、北京では最大の規模であると言われていた。乾隆帝の寵《ちょう》深い重臣の邸宅は、それこそ王府をいくつも詰め込んだ街の体《てい》を成しており、マリーが行儀作法を習いに通うことを許された、皇女和孝の公主府も内包している。

この一年でマリーと知り合い意気投合し、身分を超えた師弟関係と友情を育《はぐく》んできた和孝公主の爵位《しゃくい》は、男子皇族の最高位『親王』に等しい『固倫《グルニ》』公主である。公主府はそれこそ三番目の爵位『貝勒《ベイレ》』よりも高いので、慶貝勒府よりもさらに壮観だ。その公主が降《こう》嫁《か》した先が和珅の長男　豊紳殷徳《フエンシエンインドウ》というわけで、入れ子となった和孝の公主府を訪れる客は、和珅軍機大臣の邸宅を通らなくてはならない。

去年のいまごろか少し前、初めて永璘の慶貝勒府を目にしたマリーは、その門の重厚さと宮殿群の壮麗《そうれい》さに唖然としたものだが、和珅の邸宅を歩いたのち、和孝の公主府を訪れ、さらに紫禁城に参内《さんだい》したいまとなっては、貝勒府にもさしたる感銘を覚えなくなっている。

ただ、使用人として住むならば、このくらいの規模がちょうど良い。

などと、つらつらこの一年を振り返りつつ、北京の二度目となる秋の色を深めていく西園から、夕陽に赤みを帯《お》びる宮殿群の瑠璃瓦を眺めているうちに、マリーと黄丹は正房にたどり着いた。

正房《おもや》の居間には、そわそわと歩き回る永璘と、円《まる》い卓に軽く手を置いてマリーを待つ鈕祜祿《ニオフル》氏がいた。

マリーは作法通りに、両手を重ねて片方の腿《もも》に置き、そろえた膝を曲げて腰を落とし、満洲《まんしゅう》族女子の拝礼で挨拶《あいさつ》する。

「おお、ついに届いたか」

黄丹が恭しく卓の上に置いた包みに熱い視線を送り、永璘は緊張の笑みを浮かべた。

「包みをほどけ」

鈕祜祿氏が立ち上がり、永璘をたしなめた。

「あなた、落ち着きになって。瑪麗《マリー》、立ちなさい」

目下の拝礼は、主人に起立を命じられてからでなくては、立ち上がることができない。男子は片膝をつく打千礼《だせんれい》だからまだしもだが、女子は膝を曲げた中腰の体勢を維持しなくてはならないため、立ち上がる許可がなければただの拷問《ごうもん》である。

女子の拝礼などしたことがない永璘は、そこまで気が回らないのだろう。それよりもカスティリヨーネ渡華直後の作と思われる絵画が手に入ったことに、心を奪われている。

鈕祜祿氏が気を遣ってくれなければ、マリーはずっと中腰のままで対応しなくてはならなかったかもしれない。

「瑪麗《マリー》、こちらへ」

鈕祜祿氏に手招きされ、マリーは卓の近くまで進み出た。黄丹はすでに包みを開き、二枚の油絵を並べて見せた。

永璘は顎に手を当てて無意識に撫《な》で、西洋画をじっくりと見つめた。

鈕祜祿氏《ニオフル》も、初めて見る写実的な洋画に魅《み》せられたようだ。奥行きがあり、一方から差し込む光は細やかな陰影を作りだし、船や建物、木々の立体感をいっそう引き立たせている。港で働く男たちの粗野な形《なり》も、汗がいまにも飛び散っているような生き生きとした肉体の動きが伝わってくる。そして港の向こうには、光をはじいて揺れる波。岸に近い波の透明感と、遠景にうねる海の濃い深み。

「これが、海というものなのですね」

鈕祜祿氏は、海を見たことがないのだろう。北京の皇城内には中南海《ちゅうなんかい》と名付けられた広大な湖があるが、当然ながら大洋とは比べものにならない。

鈕祜祿氏はうっとりと、そして恐ろしげに水平線の彼方《かなた》にかすむ空に手を伸ばした。

「この海を、永璘さまはお渡りになったのですね」

「このように、空の晴れた、波の穏やかな日ばかりではなかったがな」

鈕祜祿氏の横に寄り添って立ち、永璘は港に浮かぶ大小の船や波止場の様子を説明していく。

一対の似合いの夫婦の団欒《だんらん》を、マリーが憧れを込めて眺めていると、風景を一通り許し終えた永璘が顔を上げた。

「だが、これが郎世寧《ろうせいねい》の手によるものだという証拠は、ないのだな」

マリーは「はい」とうなずく。

「絵画を袁《えん》先生のところへ持ち込んだ画商が、そのように主張しただけだそうです。本人の署名も覚え書きもありませんから、西洋人の目利きの鑑定家でなければ、作者の確定は無理だと思います」

「もしもこれが郎世寧の作品であったとして、どうして署名をしなかったのだろう」

「上京の許可がおりるまでの、ほんの手すさびだったのでしょうか。もしかしたら、まだ完成していなかったのかもしれません」

永璘は顔を近づけてもういちどじっくり検分して、首をかしげた。

「未完成には見えんが、作り手から見れば、もっと手を加える余地は、あるのかもしれぬな」

「これだけでも、完璧に美しい絵だと思いますわ。見慣れない手法ではありますけど」

鈕祜祿《ニオフル》氏がため息をついて言い添えた。

「袁枚《ばい》はいつまでに返せと言ってきた？」

永璘の問いに、マリーは同封されていた手紙を、懐《ふところ》から出して手渡した。

マリーに宛《あ》てた手紙ではあったが、書かれていたのは滞在時に世話になったことへの謝辞と絵の保管方法、そして返却時の預け先についてのみだ。

「冬の間は天候もよくないので、絵が濡れないよう、気候の良いときを選んで送り返せばいいとのことでした」

「そうか。ではしばらくは鑑賞する時間があるな」

「あの、鑑賞するだけでいいのですか」

マリーはおずおずと質問する。永璘と鈕祜祿《ニオフル》氏が同時にマリーを見つめた。

「アミヨー神父さまか、パンシ神父さまに見てもらったら、郎世寧さまの絵かどうか、わかるんじゃないかなと思ったんですが」

永璘は少しの間、思案顔で絵を眺めてから、マリーに応えた。

「その必要はない」

あまりに淡々とした永璘の口調に、マリーは驚きをそのまま問いにする。

「でも、郎世寧さまの若いときの絵を探して、渡欧までなさったのですよね」

永璘は苦笑する。

「それは、優先度の低い目的のひとつに過ぎない。極秘に欧州の視察に出たのは、国家にかかわる政治的な理由が第一だ。第二は、私が少しはものの役に立つ人間であることを、父である皇上に示すことができれば、という野心。私が絵を描くことを禁じられた疑問を解き明かすことは、それほど重要ではない」

二年近くも、行き先を明確にせず宮廷を不在にしても、誰も気に留めない今上帝の末皇子。永璘はそんな自分を卑下《ひげ》するでもなく、むしろ利用して外遊の旅に出た。

「でも、心に刺さった棘《とげ》は、いつかは抜かなくては。老爺《ラオイエ》だけの痛みではありません」

マリーは自分の胸に手を当て、鈕祜祿氏と目を合わせてから、永璘へと視線を戻した。

鈕祜祿《ニオフル》氏が夫を見上げてはかなく微笑む。

「わたくし、永璘さまの絵を見てみたいです。このように美しい風景画を、描かれるのですか」

幼いときに、父親から絵を描くことを禁じられた永璘であったが、生母の没後、その生前の肖像を描いたことがきっかけとなって、ふたたび筆を持つことは許された。ただ、描いた作品を、清国人の誰にも見せてはならないという条件で。

永璘は最愛の家族にさえ、自分の絵を見せたことがないのだ。外遊中に知り合い、旅の間その側近くに仕えてきた外国人のマリーだけが、永璘の才能を知っている。

「ここまで上手《うま》くは描けない。それに、油絵の絵の具は、我らが使う顔料や筆とは特質が違う。使いこなすための技術も異なる。独習では、このように伸びやかで巧《たく》みな絵の具使いは無理だ」

そう断言して、永璘はマリーに向き直った。

「絵のことで、そなたらに心労をかけているようだな。だが、この絵の制作者を特定することが、皇上のご本心を解き明かし、私の問題を解決する糸口になることはないだろう。ただ、飾《かざ》り気のない平凡な風景を、西洋画の技法と画材で写しとった絵を目にすることは、私としては無上の喜びだ。この絵を取り寄せるために骨を折ってくれたマリーには、礼を言う」

永璘の目配せで、鈕祜祿氏は侍女に二匹の絹と小箱、そして一枚の仔羊の毛皮を持ってこさせた。淡紅色に唐草の織り模様の入った反物《たんもの》と、トルコ石を思わせる緑がかった空色の反物だ。こちらも細かい織り模様だが、何の植物なのかは、広げて顔を近づけないとわからない。

「春節の晴れ着に仕立てましょう。仔羊の毛皮は胴着の裏打ちと縁取《ふちど》りに使いなさい。穎《えい》妃《ひ》さまや、和孝公主さまにご挨拶に伺うのに、恥ずかしくないようにね」

そして、小さな箱には生地《きじ》に合わせた珊瑚《さんご》の、小鳥を象《かたど》った簪《かんざし》が入っている。

正月には、侍女よりも華やかな正装で出なければならない公の予定が、マリーを待っているらしい。

和孝公主や妃への献上《けんじょう》菓子を、自ら配達しなくてはならないのだろうか。

マリーは深く膝を折って、謝意を述べた。

「この絵は、紅蘭《こうらん》の部屋に飾っておけば、マリーも見に来やすいだろう」

永璘《えん》がそう勧《すす》めると、鈕祜祿《ニオフル》氏が同意した。

「袁先生からの預かり物ですからね。杏花庵では不用心過ぎますし、瑪麗《マリー》の使用人部屋では飾る場所もないでしょう。そちらの仏間に飾らせておきますから、瑪麗が絵を見たいときには、いつでもいらっしゃい」

二枚の絵は袁枚《えんばい》からマリー宛に届けられたものであるから、鈕祜祿氏の廂房《わきのや》に収められたと袁枚が知ったら、どう思われるだろう。

とはいえ、聡明《そうめい》な袁枚が、事情を訊かずに貴重な絵画を送ってくれたのだ。マリーが本当に絵を見せたい相手が誰であったのか、察してくれることだろう。

「ありがとうございます」

マリーは謝意を告《つ》げて、永璘の正房《おもや》から退室した。

菓子職人の見習いと、西洋楼の視察

翌日、マリーは仕事が終わると杏花庵へ直行した。昨日のスケッチを取り出し、鈕祜祿《ニオフル》氏に預けた絵画を思い出しつつ模写を続けるためだ。

水彩画用の紙をひっぱりだし、昨日のスケッチを引き写しながら、同じ構図の風景画を仕上げた。それから手元にある絵の具を使って彩色していく。

このとき、マリーが細心の注意を払って再現したかったのは、光の方向と、その光が作り出す陰影による立体感と奥行きであった。

北堂でマリーが受けている絵のレッスンに、持って行くためだ。

いままでは、菓子や料理の絵をレシピに載せるために、鉛筆によるスケッチと白黒の細密画を主に練習してきた。絵を学ぶ動機が、画家になるためではなく、料理や菓子作りに必要な挿絵を描くための手習いであったので、風景画や人物画は描いたことがない。

だが、いつかは彩色もしてみたかったところへ、お手本になる絵がきたのだから、記憶を頼りに模写するのは、きっと絵の鍛錬《たんれん》としては間違っていないはずだ。

山野の風景の模写を終えて、港の風景に取りかかる。こちらはかなり難しかった。

船はデッサンがとりづらく、人体のバランスはうまく描けず、水を表現することはさらに難しい。もう一度あの絵を見て、横に置いて見ながらではないと、模写は難しそうだ。

「さっそくやっているな」

「きゃっ」

背後から急に声をかけられたマリーは、驚いて悲鳴を上げた。

あまり夢中になって描いていたので、永璘が杏花庵に入ってきたことに気づかなかった。

「たいした集中力だ。だが、そろそろ日が暮れる。目に良くないし、夕食を食べはぐれるぞ」

笑いを含んだ声で話しかけつつ、永璘はマリーの模写をじっくりと眺める。

「だいたいよく描けている。一度見ただけで、よく再現できるものだな」

「過分なお褒めのお言葉、どうもありがとうございます」

マリーは顔を赤くしつつ、筆を置いた。片方の腿に両手を置き、膝を曲げて拝礼し、永璘に応えた。

本物の足下にも及ばないことは、本人が一番よくわかっている。カスティリヨーネ作（？）の原物の、百分の一もよくできてはいない。

「私もやってみたぞ」

永璘は、背中に回していた手を前に出す。その手には丸められた紙が握られていた。マリーの反応を待たずに、くるくると広げる。

マリーのそれとは似ても似つかない、構図も色も正確な模写だ。それも、マリーがどうしても表現できなかった波と海水に煌《きら》めく陽光。

「うわぁ。さすが老爺《ラオイエ》です。本物かと思いました」

「さすがにそれは褒《ほ》め過ぎだな」

手を離すと、すぐにくるくるとひとりでに巻き戻った紙で、永璘はマリーのおでこを叩いた。

「やる」

「ありがとうございます！」

マリーは飛び上がって喜んだ。永璘の描いた絵は、みなマリーにくれるという約束を、永璘は守ってくれている。

永璘はいったん奥の部屋を出て、台所で茶の用意をしていた黄丹から二人分の茶を載せた盆を受け取り、奥へ戻ってきた。

マリーが永璘の模写を広げて、うっとりと眺めている間に、永璘は炕《かん》の上の卓に盆を置き、自らの手で茶杯に茶を注いだ。マリーはハッと我に返って、卓にかけよった。

「すみません。私がやります」

「私とて、茶を注ぐくらいのことはできるぞ」

皇族や王族というのは、洋の東西にかかわらず、着替えから箸やスプーンの上げ下げまで、近侍の手を必要とする。しかし、永璘は近侍の手を待たず、自分のことは自分でする傾向があることを、長い船旅を一緒にしてきたマリーは知っている。

「母上は、私に何も期待しておられなかったからな。その分、庶民のやり方なるものを教えていただいた。皇族といっても、浮き沈みの激しさは庶民に劣らぬ。まして数多い皇子の末ともなれば、爵位がいただけるかどうかもわからぬと仰《おお》せであった。実際、皇上の御不興を買って、爵位どころか庶人に落とされる皇族も珍しくはない」

話の内容とはかけ離れた、にこやかな笑みを浮かべて、永璘は茶杯を傾ける。

近侍の手を待たないのは、性急な気質のためかと思っていたマリーは、意外な真相に目を丸くした。

永璘と第十五皇子の永琰《えいえん》の生母が、身分の低い漢族旗人の、それも奴僕《ボーイ》階級の出身であることは、公然の事実であった。皇后《こうごう》に準ずる皇貴妃の地位にまで登った女性ではあるが、自身の出自の低さや当時の皇子の数を踏《ふ》まえて、遅く生まれた我が子らが至尊《しそん》の位につくことは想定していなかったらしく、息子たちへの教育も、さほど厳しくなかったという。まして兄皇子たちに比べていささか凡庸《ぼんよう》と思われた末皇子に、令《れい》貴妃は自身が幼かったころの、堅苦しくない作法で接することを好んだのかもしれない。

「天子の子に生まれたからとて、必ずしも親王になれるとは限らぬ。政争に巻き込まれたり、皇上の逆鱗《げきりん》に触れれば、爵位の降格や剝奪《はくだつ》は珍《めずら》しくない」

永璘は薄く微笑み、自身の茶杯にお代わりを注いだ。

「ところで、今日はそんな話をしにきたわけではない」

恐縮しつつ、皇子が手ずから注いだ茶をいただくマリーに、永璘は話題を変えた。

「実は、円明園《えんめいえん》を視察し、補修工事の見積もりを提出するように皇上から承《うけたまわ》った。皇上はすでに紫禁城に還御《かんぎょ》されておいでだから、円明園には管理を任された太監と女官しかいない。そなたもついてくるといい」

「えんめい、園といいますと」

「皇上と妃嬪《ひひん》らが一年の半分を過ごす離宮だ。郎世寧の作品があちこちに飾られているから、そなたの好奇心も満たされるだろう」

マリーはわずかに口を開けて、放心の体《てい》で永璘を見つめた。

マリーは好奇心でカスティリヨーネの作品を追っているわけではない。永璘の苦悩を取り除きたくて、乾隆帝が息子に絵を禁じた理由を明らかにしたくて、カスティリヨーネの画風を調べているというのに！

「でも、円明園に飾られているのは、華欧折衷の画風を確立されたあとの、カスティリヨーネ助修士さまの絵ですよね。老爺《ラオイエ》が子どものころお描きになった絵との共通点は、見つからないのでは？」

マリーの疑念に、永璘は霞《かすみ》のかかったような微笑を返す。

「私自身に関しては、もはや絵を描くことを許されたいとは考えていない。欧風にしろ、中華風にしろ、芸術家となるには、若いうちから先達の教えを乞《こ》うて、あらゆる技術を学ばねばならぬ。欧風であれば『透視図法』に『遠近法』、華風であれば『気韻《きいん》』と『骨法』などといった基礎や理論に精通しなくてはならない。そうした技術は、師について長い時間をかけて習得していくものだ。私は趣味の範囲であれ、誰にも師事していないため、どれだけ描いても、素人《しろうと》の落書きの域を出ることはない。十一阿哥《あか》のように、芸を極め、書画や詩文で家計を助けるということは、望めないだろう」

第十一皇子の成《せい》親王は、詩文と書の才能が世に評価され、その筆跡には千金の値がつくという。王府を維持するための年金が固定された皇族には、学芸方面からの副収入が、王府経営の重要な財源だという話はマリーも聞いていた。

しかし、永璘は学問や芸術に、これといった名声は勝ち得ていない。

せめて、絵画を基礎から学んでいれば、という諦観《ていかん》を滲《にじ》ませた主人の笑みに、マリーは胸を締め付けられる。

「いつ始めたって、遅すぎるってことはないですよ。老爺はまだお若いですし！」

永璘は「ははっ」と声を出して笑ってから、三杯目の茶を飲み干した。

伝統の形式を踏襲《とうしゅう》しない、あるいは広く認識されている流派から外れてしまった絵画など、世間に評価されることはない。ヨーロッパでもそうであったが、清国ではさらに、どの芸術分野でも、すでに確立した形式美が尊《とうと》ばれ、それぞれの様式には厳格な決まりがあった。

「まあ、それよりも喫緊《きっきん》の事案が先だ。円明園の修繕は、マリーにも関係がある」

居住まいを正して、永璘は話題を戻した。マリーも姿勢を直して永璘に向き合う。

「私が、ですか」

うむ、と永璘はうなずいた。

「皇上は、養母様の宮でマリーの工芸菓子をご覧になり、西洋館のような建物は作れるのかと、ご下問になった。私はマリーに作れるかどうかはわからないが、西欧では建造物も工芸菓子の題材であることは申し上げた。そこで皇上は、西洋の建物を模した工芸菓子をご覧になりたいと仰せられてな」

「私に洋館のピエス・モンテを作れと、皇帝陛下はお望みですか⁉」

「まあ、はっきりとは仰せにならなかったが。北京にある洋館は、教堂ばかりである。軍機大臣の和珅《ヘシエン》のように、邸内に洋風の館を持つ者もいるが、どこかしら中華の様式が取り込まれている。それは教堂も同じだ。西洋人の宣教師が設計した純粋なる西洋建築といえば、円明園の西洋楼にあるいくつかの洋館が、まず本物に近いといえるだろう。これは実際に欧州を巡ってきた私がそう思うのだから、あながち間違いでもあるまい」

降って湧いた難題に、マリーは呆然《ぼうぜん》として王府の主を見つめる。

「その西洋楼の建築物も、庭園に造られた噴水も、郎世寧とほかの宣教師どもの設計によるものだ。私は成人し、後宮を出てからは何年も円明園には足を踏み入れていない。あの当時、郎世寧についてもっと知っていれば、収蔵品や建築物について興味を持って知ることができたであろうと、悔やむばかりだ」

「老爺《ラオイエ》は円明園には、お入りになれないのですか」

「皇上が政務を行う正大光明殿《せいだいこうみょうでん》より奥へは、親王たりとも許可なく入ることは許されない。円明園の中に入れるのは、皇帝とその妃嬪だけだ。妃の数も減り、皇子女がすべて後宮を出た現在では、園内に入ることを許されているのは、皇上と数人の妃のみであるな」

　末子の永璘が独立し、和孝公主が降嫁したのちは、円明園に自在に出入りできる皇族はいない。皇帝自身が高齢となり、どの妃嬪も年を重ねたいまとなっては、紫禁城の後宮も、円明園も、ひどく寂しく感じられるのではないだろうか。

「だから、今回のように、皇上が私に円明園に立ち入る口実と許可を下されたのは、異例のことだ。園内の設計に携《たずさ》わった宣教師以外で、外国人が足を踏み入れるのも前代未聞《ぜんだいみもん》のことだから、注目もされるだろう」

　マリーの全身から血の気が引いていく音が、耳の内側でこだまする。

「それってつまり、円明園の建物でピエス・モンテを作れというご命令は、決定事項ということですか」

「うむ。だが、正式な御諚《ごじょう》をくだされたとなると、大変な責任をいまだ見習いに過ぎぬマリーに負《お》わせることになるからな。とりあえず実物を見て、できるかどうかをマリーが決める余地を残してくださったわけだ。表向きは補修のための視察であるから、あまり気張らず同行するといい」

気張るなと言われても無理である。清国の常識を曲げてまで、異教徒で外国人の菓子職人を雇《やと》い入れただけでも、慶貝勒府《けいベイレふ》に向けられる目は厳しい。同母兄の永琰《えいえん》皇子にいたっては、マリーをさっさとフランスへ送り返すよう、弟に忠告しているくらいだ。

海外から連れ帰った菓子職人見習いの渡航費も、国費から出されていたようである。つまり、マリーは去年の永璘帰還時には紫禁城に参内《さんだい》して皇帝に謁見《えっけん》し、招聘《しょうへい》に対して感謝の言葉を捧《ささ》げ、生涯を清国の文化の発展に貢献《こうけん》することを誓《ちか》う義務があった。

そうしたことがすべて曖昧《あいまい》にされ、慶貝勒府の一使用人として一年を過ごすことができたのは、マリーが永璘についてきた真相――マリーの菓子作りの才能と技術が招聘の理由ではなく、フランスの市民革命に巻き込まれそうになった永璘を、パリからブレスト港まで案内した功績によるもの――のためだ。

永璘はこうした事情を、父である皇帝に正直に報告したという。その結果、革命の騒動のため天涯孤独になったマリーに、将来身の立つよう菓子職人として修業を清国で続けさせたい、という永璘の希望を乾隆帝が聞き入れたことから、異国におけるマリーの修業生活が保証されているのだ。

キリスト教を禁じている清国においては、マリーの行動は厳しく制約されている。

個人としての信仰そのものは認められ、教堂への出入りもミサへの参加も許されているが、教義については断片たりとも清国人を相手に語らぬことはもちろん、布教にかかわれば即刻国外追放となる。

「マリーの作った洋菓子は、いまや当王府の目録に並び、贈答品として各王府に好評を博している。さらに、養母様に献上した菓子類を皇上も目になさっている。いつまでも皇上との謁見を先延ばしにはできぬからな。そろそろ覚悟を決めておけ」

マリーは先ほどから言葉も出ない。肺から喉《のど》まで出かかるのは「ひぃ〜」という悲鳴ばかりだ。呼吸が不規則になり、卒倒しても不思議ではない。

「フランス王妃の前で通訳をしたときは、いたって平然としていたではないか。皇上は確かにそなたの命を握ってはいるが、誠実に対応すれば、いきなり首を飛ばしたりはなさらない」

にこにこしながらも、言っていることは不穏《ふおん》すぎる。プチ・トリアノン宮殿で、永璘とマリー・アントワネットの通訳を務めた時だって緊張していたが、憧れの王妃に会える喜びで、舞い上がる気持を必死で抑えつけていただけだ。

それにフランスでは、王様の前で粗相したくらいでは、首が胴から離れてしまう心配はない。

からかわれていることは明白であったが、大清帝国の皇帝に関しては、あまりにも大量の脅《おど》し文句を吹き込まれている上に、それがほとんど真実であるらしいことから、対面が間近となればマリーには恐怖しか湧いてこない。

しかも、全世界の贅を尽くしてきた老人を満足させるような、芸術的な菓子を作って献上しなければ、自分の首だけではなく、慶貝勒府《けいベイレふ》の面目《めんぼく》が立たないとは！

「高厨師には、三日後にそなたを借りていく話をしてある。その日は髪を結《ゆ》って、裾《すそ》の長い袍《パオ》を着るように。円明園で顔を合わせるのは留守居《るすい》の太監や宮女ばかりだが、それなりの格式と礼を尽くさねば、なにを告げ口されるかわからんからな」

さらに太い釘を刺されて、マリーの怯《おび》えは頂点に達した。

そして当日、日の出前には慶貝勒府《けいベイレふ》を出発し、円明園へと向かう馬車の中で、マリーはそれがただひとつの命綱《いのちづな》であるかのように、朝鮮高麗紙《ちょうせんこうらいし》を挟み込んだ画板を胸に抱きしめていた。

世界で最も優美で広大であると、当時の宣教師らに絶賛された円明園の、正面楼門だけでひとつの宮殿かと見まがうような大宮門《だいぐうもん》をくぐり、園内に足を踏み入れたときは、緊張のあまり周囲がよく見えなかった。迎えに出た太監らの視線が怖く、粗相《そそう》をすまいと表情は強《こわ》ばり、手足の動きはぎこちなくなってしまう。

皇帝が留守にしている離宮でこの緊張だ。皇帝本人に会いに紫禁城に上がるとなったら、心臓が止まってしまうのではないだろうか。

それでも、永璘について歩いているうちに、だんだんと呼吸が落ち着いてきて、周囲の景色が目に入ってくる。

永璘の随身《ずいじん》と護衛は、大宮門近くの控え所にとめ置かれた。永璘とともに入園を許された官吏は、書記の鄭凛華《ていりんか》だけであった。それでも、鄭が控えていると思うだけで、マリーの気持は落ちついてきた。

臣下が入ることを許された朝堂の正大光明殿を過ぎて、小さな前湖を右手に回り、対岸にある后妃らの住まいの九州清晏殿《きゆうしゆうせいあんでん》へ至る間、永璘皇子一行は前後左右を園の管理人たる太監らに囲まれ、歩調をゆるめることすら許されない。きょろきょろしていると聞こえるように舌打ちをされる。

小鳥が発するようなチチッという鋭い音は、必ずしもマリーのはしたなさに苛立《いらだ》ち、非難するものではない。

清国に来た当初、マリーは清国人が貴賤《きせん》や男女に関係なく、頻繁《ひんぱん》に舌打ちすることに驚いた。やがて、かれらの舌打ちの表すものが、不満や非難ではなく、それこそ小鳥のさえずりのように、調子や強弱によって様々な感情の表現、あるいは言語によらない意思伝達の手段として、会話の一部を成していることを知った。だからといって、なかなか慣れるものではないが。

このときの太監の舌打ちは、面と向かって言葉では叱責《しつせき》できない立場から、マリーの注意を引き、不適切な行動に対して発せられた警告と解釈できる。

マリーは、風光明媚《ふうこうめいび》な庭園を鑑賞することをあきらめ、前を向いて歩くことに集中する。

それにしても——とマリーは感嘆《かんたん》の息を吐いた。

国威《こくい》をかけて造営された王宮と庭園が、外国人や庶民の鑑賞のために開放されているヴェルサイユ宮殿を思い出しながら、どちらの規模が大きく、贅沢なのかなどと比較することが、だんだんと馬鹿馬鹿しくなってくる。

ただ、この円明園がヴェルサイユのように玉座の置かれた王宮ではなく、皇帝がその家族とのプライベートを過ごすためだけに存在する、離宮のひとつに過ぎないことからも、大清帝国の国力を推し量《お はか》ることができた。

そして、この広大な離宮の庭園を一日で見て回ることなど、不可能であるということも。

その最も手前に位置する九州清晏殿に、宮殿がいくつあるのか想像もできない。たぶん、紫禁城の後宮と同じように、妃嬪の数ほどあるのだろう。マリーはここにきて、永璘の慶《けい》貝勒府《ベイレ ふ》がとてもちっちゃく感じてしまう。正面の宮殿に上がり、いくつかの回廊を黙々と歩き、いくつもの広間を通り抜けて、ついに最奥と思われる宮殿の扉を開けば、ひろびろとした後湖の水面が、きらきらと陽光に輝いていた。

遠く近くを流れる小川、濠《ほり》、大小の池から、何艘《なんそう》もの船を浮かべて並べても、なおその果《は》てに届きそうにない湖。園内の敷地の半分以上を占めるいくつもの湖には、人工の島が浮かび、それぞれの島は豪壮あるいは瀟洒《しょうしゃ》な宮殿を冠のように戴いている。

後湖の両岸と対岸には、木々があり、森があり、島があり、そして当然ながら、多数の宮殿が並んでいる。ヴェルサイユ宮殿のように、フランスの全土から集められた貴族数千人とその召使いたちが住むわけではないのに。乾隆帝の家族がもっとも多い時期ですら、住人であった皇族は二桁《ふたけた》しかいないはずなのに。しかも、円明園の真の住人である二千とも三千ともいわれる太監は、宮殿ではなく人造の山野と岩窟《がんくつ》に隠れるようにして造られた官舎に住み、気配を悟《さと》られぬよう庭園の管理をしているという。

いったい誰が住むのかと思うほどの無数の宮殿に、マリーが嘆息しているのをよそに、永璘が説明を始める。

「ここは皇上が後湖の景色を眺めながら、妃嬪らと茶会を催《もよお》すための館だ。対岸の島に慈《じ》雲普護《うんふご》の鐘楼《しょうろう》が見えるか。あそこには漏刻《ろうこく》があって、大きな時計盤がある」

永璘が懐かしげに指さす小島の木々の中に、確かに際だった三層朱色の楼閣が見える。

「ろうこく？」

「水時計のことだ」

湖を囲む宮殿や庭園を、永璘がマリーに説明している背後で、太監と鄭凜華《ていりんか》が、円明園に建てられた無数の宮殿や寺院に関する、膨大《ぼうだい》な量の冊子をやりとりしている。

永璘によると、この紫禁城に匹敵《ひってき》する九州清晏殿とその周辺はまだ、円明園の一部であり、しかも片隅に過ぎないという。

「円明園とその東に造られた最も大きな福海《ふっかい》の四十景と、さらに東に長春園《ちょうしゅんえん》、その南に造営された綺春園《きしゅんえん》の三水庭園を併せて円明園と称する。西洋楼は長春園の北側にある」

どれだけ宏大なのか、想像もつかない。そこからは見えない西洋楼を思ったマリーは、はぁと息を吐きつつ、ぐるりと内側の壁を見渡した。壁に架けられた一枚の絵画に目が留まる。

マリーは無意識にそちらへ引き寄せられた。見張りの太監の舌打ちも聞こえない。

首の長い花瓶には、数本の蓮の花と、その花の上から茎《くき》を伸ばした穀物《こくもつ》が、重たげな穂の頭《こうべ》を宙に垂らしていた。

絵画のモチーフも、使われている顔料も中華の伝統に沿ったものであった。しかし、画布の右上から光を当てて、左側に影をつけて立体感を出す画技は、西洋の方式である。

花鳥や獣《けもの》、あるいは人物を細密に描く画法は中華にもあるが、視点を固定し、光の生み出す陰影によって、立体感や奥行きを出す画風はなかったし、むしろ好まれなかった。

息を呑んで絵を見つめるマリーの背に、永璘が声をかけた。

「郎世寧がおよそ七十年前に、お祖父様の即位を祝して描いた作品と言われている。西洋画的な手法の特徴がはっきりしているだろう」

マリーははっとして振り返った。永璘は絵から目を離さず、解説を続ける。

「来朝した当初の、このような西洋的技法の特徴は、時とともに影を潜《ひそ》めていく。久しぶりに見るが、多くの西洋画を見てきたあとでは、なるほど西洋人画家の手による絵画であるとわかるな」

視察の仕事は鄭凛華に押しつけて、永璘はマリーを伴って別室へと足を向ける。

「あの、お仕事はいいんですか」

「このあたりはお祖父《じい》様の時代に建てられ、よく使われるから、手入れと修繕はきちんとされている。だが、せっかく入ることを許されたのだ。懐かしいものを見ていこう」

いくつかの殿舎と回廊を歩き、マリーには来た方向も定かではなくなった頃、永璘は大きな両開きの扉の前で立ち止まった。ついてくる太監が永璘の目配せを受けて鍵束を出し、扉にかけられた錠《じょう》に合う鍵を選び出す。

長く開けられたことのなかった錠に差し込まれた鍵は、すぐには回らなかった。扉も、重たい軋《きし》み音とともに開かれる。

「皇上はあまりこちらへはおいでにならぬようだ」

永璘は残念そうに嘆息した。

「郎世寧は曾《ひい》お祖父様の時代から宮廷に仕えるようになったことは、前に話したな。だから、というわけかどうかはわからないが、初期に献上された作品で円明園に収蔵された物は、古い宮殿に保管されている。ここの作品群がなかなか面白い」

永璘は楽しげに微笑み、太監が窓を開いて光を入れるのを待った。

壁に並べられていたのは、十二枚の水辺の風景であった。民家と川船を描いた風景もあれば、ジャンク船の向こうに絶壁のそそり立つ海岸、あるいは砲台を備えた軍港、またあるいは数隻《すうせき》のジャンク船が行き交《か》う港の風景。さらには、西洋の軍船らしき三本マストの帆船が描かれた絵もある。

「ここの絵画は、曾お祖父様が海上の防衛を論じるために、当時の宮廷画家に沿岸の風景を描かせたものだ。当時は大変な軍事機密であったが、三世代が過ぎたいまでは芸術品として鑑賞できる。幼いときは、よくこの部屋に来てこれらの絵を眺めるのが好きだった。

いまにして思えば、誰にも教えられなかったはずの洋風絵画の手法は、ここで影響を受けたのだろうな」

マリーは無意識にうなずいた。

袁枚《えんばい》が送ってくれた二枚の絵画に比べると、康熙帝《こうきてい》がカスティリヨーネに描かせた風景図群は、西洋の手法と中華の画法が折り合いを求めて成し得なかった印象を受ける。

遠景と山並みは、余白を持たせた中華風の多視点透視であるのに、手前の船や地形はとても写実的な明暗法と透視図法が強い。卓越した画家の絵であることは否定できない質の高さであるのに、同時に構図や色使いにどこかアンバランスな印象を受ける。

あたかも、使い慣れない器具と、よく知らない食材で作った、本来のレシピとはかけ離れてしまった国籍不明の菓子や料理のように。

西洋と中華の画法は、これほどまでに違うということ。そしてひとりの画家の中で、使い慣れた画法を抑え、新たに学んだ異国の技法を取り入れることに、どれだけの葛藤《かっとう》があったか、といったことが、欧華の間で双方の味覚を満たそうと試行錯誤を繰り返してきたマリーには想像できる。

袁枚の収蔵絵画が、本当にカスティリヨーネの作品であるかは確かめようがないが、かの二点が清国画法の影響を受ける前の、あるいは受けていない西洋人が、存分にその腕を揮《ふる》って写し取った中華の風景画であることは、はっきりと断定できそうだ。

もともと画才のあった永璘が、こうした異文化の絵画に魅《み》せられて脳裏《のうり》に刻《きざ》み込み、自ら筆を握ったときに、無意識に透視図法を用《もち》いたとして、なんの不思議があるだろう。

永璘自身も、長い間の謎が解けたといったふうに、放心して水軍の絵画を眺めている。

永璘は、カスティリヨーネが中華の技法を学びながらも、いまだ西洋の画法に強く囚《とら》われていた当時の作品に触れていたことで、理屈や理論を飛び越えて、その技法を視覚から吸収していたのだ。

まさに天の与えた感性と才能であったというのに。だが、いくら天才でも無から有を作り出すことはできない。カスティリヨーネやパンシは、清国に渡る前にはすでに、画家としての修業を重ねて名声を築いていたが、永璘は最も才能を伸ばせる時期に、筆を取り上げられ、師と仰《あお》ぐ先達が誰もいなかった。

永璘が『誰にも教えられず、【カスティリヨーネのような】絵を描いていた理由』は意外なところから自《おの》ずと明らかになったが、そのために摘《つ》み取られた可能性に、マリーの胸はひどく痛んだ。

「ものすごく惜《お》しいです」

マリーは泣きそうになってつぶやいた。

「まあ、過ぎたことだ」

永璘はいつもと変わらぬ、のほほんとした態度でマリーをなだめると、次の間へと差し招く。

「こちらの絵画群が面白い。お祖父様は厳格で、昼も夜も政務に打ち込まれて、清代どころか中華史においても最も勤勉な皇帝という評価であるが、実は謹直一辺倒というわけではなく、柔軟な遊び心をお持ちであったことがわかる」

部屋の壁に絵は飾られておらず、太監が扉のついた棚から絹本《けんぽん》の掛け軸を出して並べ、広げていった。

「雍正皇帝《ようせいこうてい》十二月令行楽図？」

十二枚の絵には、古今東西の衣裳《いしょう》をまとった壮年の男が、山野に遊ぶ様子が描かれている。

そのうちの一枚を見て、マリーは目を丸くした。

西洋の宮廷服を着た、ルイ十四世ばりの長髪巻き毛の鬘《かつら》をつけた壮年の男性が、岩場の洞窟を前に、三叉《さんさ》の矛《ほこ》を構えて虎《とら》を退治しようとしている。

男性の平面的な顔立ちに、西洋のコートと巻き毛という組み合わせの違和感と、妙に生《き》真面目《まじめ》な表情、身を伏せた虎の、人間を小馬鹿にしたようなにやついた顔つき。絵の醸《かも》し出す滑稽《こっけい》な印象に、頬がゆるみそうになる。

永璘がすっと近づいて、耳元でささやいた。

「笑うなよ。不敬罪で首が飛ぶ」

マリーは両手で口をふさぎ、顔を覆《おお》った。

改めて見回せば、モンゴル族の衣裳を着て荒野にたたずむ人物も、漢族の道服を着て断崖の上にしゃがみこみ、カンフーのようなポーズを取って眼下の龍《りゅう》をにらみつけている人物も、過去の王朝の冠を被り衣裳を着て、背後に近寄る鹿の気配にも気づかず、書画にいそしんでいる男も、古風な大袖の漢服をゆったりとまとい、竹林で古琴をたしなんでいる人物も、マリーの知らない民族の衣服をまとう人物も、みな同じ顔をしている。

「老爺《ラオイエ》のお祖父様？」

つまり雍正帝である。

「面白い趣味をお持ちであったのだな」

「本当に、こんな風にいろんな服を着て、海や山に遊びに行って、絵のモデルをなさったの？」

「さあ、それはいまとなってはわからない。背景を見れば、想像で描かれたであろうとは思われる。洋服は欧州に行ったときに試してみたが、あまり着心地がよくなかった。お祖父様が本当にこの服を着用なさったのなら、感想を聞いてみたかった」

「お話をしたことはないのですか」

そう訊《き》いてから、マリーは後悔した。永璘は乾隆帝の晩年に生まれた皇子だ。父親の即位、つまり雍正帝が崩御《ほうぎょ》して三十一年もあとに生まれたのだから、会えるはずもない。

両親が勘当《かんどう》されていた時期はあったものの、和解したのちは、父方と母方の祖父母との交流が身近にあったマリーにとって、生まれたときすでに親が祖父ともいうべき年齢であった永璘の環境は、想像することが難しい。

「お話を伺ってはみたかった。非常に厳格で、耶蘇《やそ》教の弾圧も三代の皇帝ではもっとも苛《か》烈《れつ》であったというのに、このような絵を宣教師の郎世寧に描かせたということが、お祖父様の度量の深さと諧謔《かいぎゃく》精神を表している。こちらとか、な」

永璘は、雍正帝が異民族風のカラフルな長袍《チャンパオ》に、宝石のついた尖《とが》った帽子を被り、手長猿と戯《たわむ》れている絵を指した。雍正帝は微笑みつつ、手長猿の伸ばした手に、桃の実を差し出している。

「この画軸には『偸桃《ちゅうとう》』という題がつけられている。しかも猿が描き込まれているところから、『猴子《こうし》偸桃』を踏まえていることは明らかであるな。お祖父様も洒落《しゃれ》好きだが、郎世寧もこの画題を選ぶとは、おそろしく大胆である」

永璘は膝を叩き、声を出して笑いだす。画軸を並べる太監は、眉尻と目尻、さらに口の両端も下げて、泣きたいのか笑いたいのか、なんともいえない顔つきで肩を揺らしている。

「何がそんなにおかしいのですか」

太監の不可思議な反応と、文字通り腹を抱えて笑う永璘に、マリーは頭の中を疑問符でいっぱいにして訊ねた。

「若い娘には教えられない。特に敬虔《けいけん》な耶蘇教徒のそなたには、な」

意味深な笑みを口元に貼り付けたまま、永璘は次の絵を広げさせた。

手長猿と皇帝の絵には、何か性的な揶揄《やゆ》でも込められているのだろうと察して、マリーはそれ以上追求しなかった。

永璘が示したかったのは、兄弟と帝座を争い、次々と排除していった冷酷《れいこく》さと、即位後の桁外《けたはず》れな勤勉さで知られる雍正帝と、生涯不犯の誓いを立てた宣教師のカスティリヨーネが、卑俗《ひぞく》な諧謔を交わし、それを後世に残る絵画のモチーフに使ったという意外さであった。

雍正帝にしてもカスティリヨーネにしても、後世に残された生前の評判や事績からだけでは計り知れない、誰もが知っていたはずの人物像とはかけ離れた側面を持ち合わせていたようだ。少なくともマリーの抱いていた、カスティリヨーネが生真面目な宣教師で勤勉な画師であったという印象は、かなり柔らかなものとなった。

永璘が次に示した絵は、水辺に休む漁夫の絵であった。

この絵では、雍正帝は粗末な袍と袴《はかま》を身につけ、藁笠《わらがさ》をかぶり、荒縄を帯代わりに腰に巻いていた。足には草鞋《わらじ》を履《は》き、片膝立てに座り、その膝に右肘を置いている。そして組んだ腕に顎を載せ、目を閉じている。

うたた寝をしているのか、あるいは風の鳴らす草の葉擦《はず》れや、水の音に耳を傾けているのか、その表情は穏やかだ。漁夫の背後では、猫かあるいは大きなネズミが、籠《かご》いっぱいの魚を狙っている。

不意に思いついて、マリーは他の絵も見直した。ほぼすべての絵に、鳥獣が描かれている。架空の龍であったり、蛇《へび》であったりもするのだが、こういった動植物を用いて自然との一体感を表すのは、皇帝の意向なのか、カスティリヨーネの趣味なのか。

洞窟にこもる袈裟《けさ》姿の雍正帝を、興味深く見上げる赤い蛇。その作品に、マリーはキリストが悪魔の誘惑を退《しりぞ》ける聖書のくだりを思い出した。他宗教には異端審問も辞さない非寛容な宗派であるカトリックの宣教師であったカスティリヨーネが、ここにこのモチーフを用いた理由はなんであろう。雍正帝は自らがイエス・キリストに模されたことを、果たして知っていたのか。

「この衣装は、仏教の僧服ですよね」

「チベット仏教、ラマ教の袈裟だ」

マリーの問いに、永璘が応える。

清朝ではキリスト教を禁じる一方で、政策としてチベット仏教を手厚く保護した。代々の皇帝はチベット仏教に帰依《きえ》し、乾隆帝はダライ・ラマに次ぐ高位の僧パンチェン・ラマの前で信徒として跪《ひざまず》き、戒《かい》を授けられたという。

東洋の天子に仏教の僧服を着せて、キリスト教の逸話を滑り込ませるカスティリヨーネの大胆さに、マリーは頭を抱えた。

「さて、これらの絵が郎世寧の手による作品であると、どう判断するのだろう」

永璘の問いに、マリーは初めてどの絵にも署名や落款《らっかん》がないことに気づいた。

中華では、皇帝や皇族の肖像画において、画家が誰であるかを主張することは不遜《ふそん》と見《み》做《な》される。だから絵画そのものに制作者の名は書き込まれない。誰に御諚がくだったか、という記録は残るにしても、絵だけが残っている場合は作者を特定することは難しかった。

雍正帝を描いた一連の行楽図には、海上防衛図に見られたような、康熙帝当時の西洋画技と、中華の画法の相克《そうこく》はすでに見られない。

カスティリヨーネの、欧華の折衷を研鑽《けんさん》した十余年を物語るように、行楽図では背景に余白を残しつつ、木々や岩山の様相は精密に描き込んであるのは、伝統的な中華の画風である。これだけの連続大作であれば、清国人画家との共同制作であることも考えられた。

「衣裳や毛皮の質感はとても写実的ですよね。こちらの室内で読書をされている絵の背景には、光と影が描き込まれていて、家具の配置も一点透視図法が使われています」

マリーは、僧形と蛇のモチーフが、とてもカトリック的であることについては言及しなかった。仏教の聖者を示唆《しさ》する絵画において、皇帝の顔をした僧が三代の皇帝のうち、もっとも苛烈にキリスト教の弾圧に励んだ雍正帝であること、そしてその才能を寵愛《ちょうあい》された画家が、モデルの人物を救世主キリストになぞらえるという危険を冒《おか》したことは、誰にも言わない方がいい。

こうした仮面的かつ重層的な皮肉《アイロニー》の利かせ方は、いかにも西洋的なものであると、マリーには思われる。いまは世を去り、最後の審判を待つカスティリヨーネが、キリスト教徒の鑑賞者に対して画布の背後からウィンクをしているような気が、マリーにはした。

布教をあきらめ、ひたすら従順に皇帝に仕えて一代の栄華を成し遂《と》げた職業画家の、内に秘めた反骨を垣間《かいま》見せられたようだ。マリーとは決して出会うことのない聖職者であり、かつ画家であった人物に対して、かれもまた血肉を具《そな》えたひとりの人間であったことを実感し、これまでになかった親近感を覚える。

この絵が、もはや所有者さえ滅多《めった》に鑑賞に訪れることのない宮殿の片隅で、聖書を知る者の目に留まることなく置き去りにされているのは、とても正しいことなのだ、とマリーは密《ひそ》かに思った。

その後、別の部屋では雍正帝に捧げられたという馬の絹本『百駿図《ひゃくしゅんず》』を見せられた。満洲《まんしゅう》やモンゴルの大地に悠然と育まれる、百では収まりきらない数の馬と牧人を描いた無数の絵画は、カスティリヨーネ生涯のテーマであった。

「我々満洲族の祖先は、騎馬と狩猟《しゅりょう》の民族であるからな。駿馬は満洲族の魂《たましい》でもある。祖先の威光を忘れぬよう、毎年行われる熱河《ねっか》の木蘭《もくらん》における巻き狩りを、いつかマリーにも見せてやろう」

永璘は、皇帝の避暑地への行幸《ぎょうこう》にマリーを連れて行こうと約束する。その約束が実現するのは来年の夏か、あるいは再来年のことか。永璘にとっては、マリーが清国の慶貝勒府《けいベイレふ》に居続けることが前提なのだと思えて、胸が少し苦しく、そして温かくなる。

「馬には乗れないですけども」

マリーが遠慮《えんりょ》がちに言えば、永璘は笑いながら断言する。

「和孝と相乗りすれば、危ないことはない。マリーが同行するとなれば、和孝は往復の馬車も同じにすると言い出すだろうな」

マリーよりひとつ年下の和孝公主は、乗馬にも弓術にも長《た》けた才媛《さいえん》である。そして、清国宮廷の行儀作法におけるマリーの師であり、西洋菓子作りの弟子《でし》でもあった。和孝公主の夫の誕生日にと伝授したガトー・オ・ショコラは、夫婦のお気に入りのお菓子となっている。

和孝公主は、舅《しゅうと》の和珅《ヘシエン》を通して、清国とは国交のない大英帝国から、手に入りにくい菓子の材料を輸入できる伝手《つて》を持っている。おかげで最近はアーモンドやカカオを切らすことがない。

永璘は早々に九州清晏殿を出ると、園内を東へと進む。

橋を渡り、丘を模した庭園を抜けると、ふたたび宮殿群が並んでいる。マリーはもはや、何を見ても庭や建物の名前を訊くことをあきらめた。

「こっち側の丘に囲まれた場所が洞天深処《どうてんしんしょ》といって、我ら皇子たちの住まいであった。ここも、もはや住人はおらぬが。まあ、私自身、ここではほとんどひとりで過ごしたようなものだな」

「十五皇子さまとは、ご一緒ではなかったのですか」

「十五阿哥《あか》は私が九歳のころに成人なされて、ご成婚とともに後宮を出た。あと十一阿哥と、十二阿哥もおられたが、どちらも私が五歳のときに独立なされたので、遊んでいただいた記憶は少ない」

永璘が幼いころに円明園でともに過ごした兄弟は、同母兄の永琰、いまは吝嗇《けち》で知られる皇十一子の成親王永瑆《えいせい》、すでに鬼籍に入っている皇十二子永璂《えいき》の三人だけであったという。普通の家庭であれば、四人兄弟は多い方であろうが、このように宏大な場所で、後宮に大勢の女性がいて、対等に遊べる男児が四人だけなのは、パリの下町で育ったマリーには寂しく思われる。

皇十五子の永琰と、末皇子の永璘では六歳の年齢差がある。同母でかつもっとも年の近い兄の永琰が、十五歳で後宮から独立したとき、永璘はまだ九歳であった。その後、彼自身が成人するまでの六年間を、永璘はただひとりの皇子として、この広い洞天深処で太監に囲まれて過ごしたのだ。

「同じ時期に母上が逝去《せいきょ》なされたので、私を引き取り養育された穎妃《えいひ》がよく九州清晏殿に招いてくださったから、あちらの美術品を見ていれば退屈することはなかったが、そのために勉学がおろそかになったと皇上には不評であったようだ」

永璘の思い出話に耳を傾けながら、かれらはぞろぞろと太監を引き連れて円明園をそぞろ歩く。すべてが人工の山水庭園であることが、未だにマリーには信じられない。

大小の運河の橋を渡り、秋の花の咲き乱れる野をゆき、川に架けられたアーチ状の橋を渡り、紅葉に染まる小さな丘を越え、巨岩奇岩の配置された小径《こみち》から、欄干の赤い擬宝珠《ぎぼし》が陽光を跳《は》ね返す橋をいくつも渡る。

見え隠れする宮殿や寺院の名前を、永璘がいちいち教えてくれるのにも、ぞんざいな相槌《あいづち》を返すだけになってきたマリーを気遣ってか、福海という名の宏大な湖は、船に乗って渡る。中央の島には、こちらも例に漏れず宮殿が建っていたが、船は島には寄らずに通り過ぎた。

「この湖も島も、人工ですか」

「うむ。あの島は蓬島揺台《ほうとうようだい》という。私も数えるほどしか上がったことはない。むしろ、円明園四十景をすべて制覇する前に成人してしまったので、わずかでも上がることができたのは運が良かった」

　十五年いても隅々まで探索できないとか、どれだけ広い庭園なのだろう。

「そんなに広かったら、修繕のための視察だけでひと月はかかりそうですね」

「一年でも無理だろうな。残りの人生を円明園の修繕監督《かんとく》をして過ごすのも悪くない」

　永璘はあっけらかんと笑い飛ばす。船の手摺《てす》りに身を預けるようにして、マリーにだけ聞こえるように小声になる。

「十二阿哥《あか》は才能も豊かで学識も深く、業績も残されたというのに、お母上が皇上のお怒りを買って廃后となったために、ご生前に叙爵《じょしゃく》もなく、薨去《こうきょ》後も追封されていない。一方、私は生きて十二阿哥と同じ年になったいまも、何ひとつ成し遂げていない。だから貝勒《ベイレ》を賜《たまわ》っただけでも善《よ》しと考えている。面倒ごとに巻き込まれず、平穏に生きられるのならば、袁枚《えんばい》のように庭園を造り続けて余生を過ごすのも悪くはない」

「まだ余生なんて早すぎますよ」

　マリーは月並みな言葉しか返せないのが悔しい。しかし、かける言葉も見つけられず、話題を変えることにした。

「ところで、西洋楼って、今日中に着きます？」

風光明媚《めいび》な皇宮庭園にいるというのに、マリーは半《なか》ばうんざりして訊ねた。ピクニックやヴァカンスで来るのなら素敵だが、仕事であればさっさと片付けて帰りたい。太監に囲まれて監視されているような場所で、永璘とひそひそ話をするのも疲れるのだ。こぢんまりとした慶貝勒府《けいベイレふ》の、その片隅にある下女部屋がとても懐かしい。

カスティリヨーネの絵も、もっとたくさん見られると思ったのに、雍正帝の肖像画のあとは、誰も入ることを許されぬ皇帝の寝宮や、あちこちの島や離宮にあるとかで、とても見て回れる距離ではなかった。

「福海を渡って少し歩けば、長春園に入り、やがて西洋風の噴水や塔が見えてくる」

距離としてはそんなに歩いたはずもないのだが、マリーの足はすでに疲れていた。早朝に着いて、ほとんど休まず宮殿群と庭園を歩き続けている。船では乗ってすぐ点心が出されたのでそのときは座れたが、食べ終わるとすぐに船縁《ふなべり》のあちらやこちらへ連れ回されて、観光案内と永璘の思い出話につきあわされた。

湖を渡り、涵虚朗鑑《かんきよろうかん》なる建築物の桟橋《さんばし》で下りて、さらに東へと進む。輿《こし》も轎《かご》も用意されていない園内では、歩くしかない。

洋風の塔や四阿《あずまや》、小亭の続く小径を抜けると、いきなり視界が開けた。

そこには、ヨーロッパの貴族が田舎の領地に所有しているような、凹《とつ》形に南面したバロック式三層石造りの豪邸《メノア》が聳《そび》えていた。本館三層目の階は両側が広いバルコニーとなっており、ふたつのバルコニー（あるいは三階の背後でつながっていて、全体の形に合わせた凹形で三階を囲っているのかもしれないが）にぐるりと張られた手摺《パラペット》りの上に、鳥のようにも見える彫刻が鎮座している。

「諧奇趣《かいきしゅ》だ。一番最初に建てられた洋館と聞いている。左右に突き出ているのは奏楽堂らしいが、ここで奏楽の宴《うたげ》を開いたという話は聞かないな。単に招かれなかっただけかもしれないが。昔は宣教師が指導した洋風の楽団もあったのだが、洋楽を学んだ太監たちはどうなったのだろう」

凹形の左右の突端に、合わせ鏡のように建つ、左右対称の二層八角形の建物をそう説明した。半世紀近く前には、洋楽の楽団もあったと知り、マリーの脳裏に宮廷楽士としては成功しなかったアミヨー神父の面影がよぎる。

本館と、その両端から前に延びる渡り廊下でつながった、一対の奏楽堂による凹形の内側には、本館のバルコニーから滝のように流れ落ちる水が、幾条にも分かれて滔々《とうとう》と注ぎ込む噴水池となっている。どこから見ても、ローマやパリのどこかの宮殿をそぞろ歩いて行く気分になる、ただ――

「屋根が瑠璃瓦なんですよね」

秋空の青によく映える、黄色く艶やかな光を弾く寄棟造《よせむねづくり》の屋根を見上げて、マリーは指摘した。

「そうだな。昔はなんとも思わなかったが」

永璘は苦笑する。

諧奇趣の直線的で質実なフォルムと、装飾の少ないドリア式の柱は、マリーにはどこか前時代的に感じられる。ただ、八角形の奏楽堂を彩《いろど》る列柱の柱頭には、細やかな装飾が施《ほどこ》されていた。螺旋《らせん》とも花形とも見える、南仏のヴィラか、ローマの神殿を思わせる様式が華を添えていた。

マリーと永璘は諧奇趣の周囲をぐるりと巡り、正面に戻って二階部分のフォーセットへ続く階段を左側から上り、バルコニーの右側から下りる。

「中にお入りになりますか」

太監に訊ねられた永璘は、首を横に振った。

「とりあえず西洋楼全体を見て歩く。適当な四阿《あずまや》に点心の用意をさせておいてくれ」

永璘の命に、太監がふたり、どこかへと走り去る。

門だけの建物、牌楼《はいろう》をくぐるごとに、少しずつ違う洋館が目に入る。

次に立ち寄ったのは、こぢんまりとした二層の洋館《かい》であった。

「方外観《ほうがいかん》という。皇上の側妃のひとりであった容妃《ようひ》が回教徒であったので、容妃の礼拝堂として使われていた。望郷に悩む容妃を慰《なぐさ》めるために、さらに西洋式の建物や噴水が建てられ、あるいは改装された」

「え？」

マリーはきょとんとして、不敬な態度で訊き返してしまった。

「回教徒、ってイスラム教徒のことですよね」

ヨーロッパ人の一般的な感覚では、イスラム教徒といえば、日常的にターバンやヴェールを被った、肌の色は濃くて髪の黒いムーア人やアラブ人、あるいは独特な形の帽子を被ったトルコ人であった。

かつて東ローマ帝国のあったその向こうと、アナトリア半島から東はまとめてアジアという認識であり、それゆえに、イスラム教を奉じる『あちら側』の諸国はアジアの国々であり、『東』の人々であった。

「どうして西洋の建物や噴水が、回教徒のお妃さまを慰めることになるんですか」

マリーの乏《とぼ》しい知識では、回教徒の建物といえば『アラビアンナイト』あるいは『千夜一夜物語』の作中で語られる、タマネギ形のモスクや、先端を青く染めた塔のたくさんある、日干しレンガの宮殿だ。この当時の流行であったオリエンタリズムの絵画で見たことのあるイスラム世界の建物や風景は、ヨーロッパの建築や気候風土とは見た目も様式もまったく異なる。

黒髪直毛で顔の平板な東洋人から見れば、中東や中央アジアの人々の、彫りの深い目鼻立ちと骨格の大きさ、また髭《ひげ》の濃さは、西洋人と見做《みな》されていることは、マリーには知識の外であった。

「洋館では容妃の慰めにならないのか」

逆に訊き返されて、マリーは返答に困る。ヨーロッパを見てきた永璘だが、イベリア半島はポルトガルからスペイン、そしてフランスのパリまでを見ただけだ。それを言えば、マリーにいたっては、パリとその周辺しか知らないのだ。

「たぶん、ならなかったのでは……」

マリーは自信なげにつぶやいた。

「そうなのか。では、この方外観は、回教の礼拝堂としては、容妃の目には異様に映ったかもしれぬな」

マリーはますます耳を疑った。

「西洋楼を、設計したのは、カスティリヨーネさま、ですよね」

めまいと息切れがしそうな衝撃に、マリーはひとことずつ区切って訊ねる。

「と、聞いている。あと他の時計師や技術職の宣教師も、かかわっている。これから見に行く十二支の噴水など、とても素晴らしいぞ。たいへんなからくりであるからな。完成まで十何年もかかったそうだぞ」

まだ見てもいない噴水について誇らしげに話す永璘に、マリーは話題をもとへと戻した。

「カトリックの宣教師に、イスラム教徒のための、礼拝堂を造らせたんですか?」

マリーの声は裏返ってしまっていた。

カスティリヨーネと宣教師たちは、拒否しなかったのだろうか。しなかったから、このように華麗な洋館群と噴水庭園の西洋楼ができあがったのだろうけども。

マリーは額《ひたい》を押さえて頭を振った。話を遮《さえぎ》られた永璘は、少しむっとしたようすであったが、マリーの問いにはきちんと答える。

「だめなのか。我が国では、どの宗教施設だろうと、その宗教に属する信徒でなければ建ててはいけないという法はないぞ」

雑多な宗教が混在する清国の基準ではそうなのだろう。国民の大半がカトリック教徒で、教会の建築を請《う》け負うのがカトリック教徒ばかり、という環境なら、異教徒が教会を建てるという状況がまず存在しない。イスラム諸国にしても事情は同じであろう。

世界中のいろんな宗教があつまって、ひとつに染まらない東洋の首都であれば、そういった混沌《こんとん》とした状態に誰も疑問を持たないのか。

だがしかし。

宗教観も価値観も共有できない相手との議論は、できうる限り避《さ》けてきたマリーではあったが、このときばかりは、異教徒のために礼拝堂を造らされた宣教師たちの憤懣《ふんまん》を思い浮かべて憮然《ぶぜん》とする。

「そのお妃さまは、いまは紫禁城にお帰りですか」

「いや、三年前にご逝去《せいきょ》なされた。つまり、この方外観は現在、使われていない。そうでなければ、我々が西洋楼に足を踏み入れる許可など、下りはしなかったろう」

「皇帝陛下と、容妃さまだけがこの礼拝堂に入れたのですか」

「と、容妃の姉妹とその侍女であった者たち、あとは清掃や管理を任された太監のみだな」

西洋楼の豪壮絢爛《ごうそうけんらん》な宮殿が、たったひとりの妃と皇帝自身のためだけに使用されてきた。

円明園に邸を賜った后妃嬪から妻妾《さいしょう》にいたるまで、そして妃らの産んだ皇子や公主でさえ、誰ひとり立ち入ることは許されなかったという。

「だが、それはどの妃宮でも同じことだ。皇宮のどの建物であろうと、その宮の主と関係のない者は入れない。自分の家に他人を入れるか」

「まあ、そうですけど」

マリーは不承不承認めた。

庶民までが王家の宮殿と庭を鑑賞することが許され、王妃の起床から、王室の食事風景などといった私生活まで、一般に公開されているフランス人の感覚の方が、もしかしたらおかしいのかもしれない。

「容妃とは、お顔を拝することもめったになかったが、美しいだけでなく、香水や薫香《くんこう》を使わずとも、常に体から芳香を放つと評判であったな。位の低い貴人であったころから、『香妃』と呼ばれていたくらいだ。どんな匂いがするのかと思い、なんとかして近づいてみようとしたが、ついに叶《かな》わなかった」

永璘はマリーの困惑は気にも留めず、砂漠を越えて清国に嫁《とつ》ぎ、この地で生涯を終えた異国の王女の思い出話を続けた。

次に訪れたのは、ロココ調の二層の豪邸であった。

二階の中央正面がフォーセットになっていて、両開きの高い扉の前のバルコニーに立てば、眼下の噴水と西洋楼の庭園、そして長春園の遠景を観賞できるようになっている。そして、そのバルコニーの両端から弧《こ》を描いておりてくるアプローチ階段は、あたかも白い袖の貴婦人が両腕を広げるように、あるいは白鳥が翼を広げているかのようにも見える。

そして広げた翼、あるいは白袖の腕の階段は、ゆるやかな傾斜を描いて、噴水池を抱くようにしてマリーたちの足下へ続いていた。

「うわ！　Démons？」

マリーは思わず悲鳴を上げた。

噴水池の周囲には、マリーが魔物《デーモン》と見まちがえた、羅漢衣《らかんい》をまとった獣頭人身の十二支像が、六体ずつ向かい合って並んでいた。マリーの西洋的美意識からは、修行僧の衣をまとった人身に動物の頭を載せるなど、グロテスク以外の感想はなかったが、その気持ちを表明することは控えた。西洋の城に飾られている魔物の形をしたガーゴイルよりは、怖くなかったからでもある。少なくとも体は人間であるし、牙《きば》も鉤爪《かぎづめ》もなく、コウモリの翼もない獣頭ならば、いきなり襲いかかられても逃げ切れそうであった。

などと口の中で感想を反芻《はんすう》しているマリーの横で、永璘が嬉しそうな声を上げた。

「おお、間に合ったぞ」

永璘が言い終わる前に、十二支像が一斉に水を吐き出した。十二条の水の束は、同時に中央の塔から垂直に上がった噴水と一寸の乱れもなく交差した。

「うわぁ」と、マリーは思わず感嘆の声を上げる。

秋の陽光が、噴き上げる水しぶきの上に、いくつもの虹を描いている。

「この建物は海晏堂《かいあんどう》という」

バルコニーに上がる手摺りに近づいて、マリーはさらに驚いた。階段に沿って段々のついた手摺りもまた、噴水の一部であった。フォーセットのバルコニー最上部に置かれた獅子《し》と海豚《いるか》の像から流れ出る水が、手摺りを流れ落ちてきて十二支像を巡り、池に注ぎ込む。

この水の饗宴《きょうえん》は、夏であれば心地よい涼しさをマリーたちに提供してくれたことだろう。晩秋のいまは肌に触れる冷気が増すだけであったが、管理上の理由で定期的に水を流す必要があるのだろう。たとえそれが、あるじ不在の宮殿であっても。

永璘は修繕に関する調査は太監と鄭凛華《ていりんか》に任せっぱなしで、マリーを連れて海晏堂の中と外を興味深げに見て回った。

「あの、修繕に関する場所とか、説明は受けなくていいのですか」

マリーがおずおずと訊ねるものの、永璘は「そのために鄭を連れてきているのだ。彼ならば、必要事項を漏《も》らすことはない」と笑顔ですませてしまう。

――まあ確かに。

マリーは内心で主人の意見に賛同した。鄭はこういう仕事に慣れているし、能力や性格の面でも、永璘がやるよりは的確に仕事を進めるだろう。

永璘が同伴しているのは、庶民には禁足の地であり、皇族ですら特殊な場合を除いて立ち入ることのできない円明園を、部外者であるマリーに見せるためなのだ。

内装や飾られた美術品もおおまかに洋式ではあったが、マリーの感覚からいえば、いろいろと微妙であった。館の主は清国人でも西洋人でもなかったという話だが、かといって、物語のアラビアンナイトや、絵画で見たことのある中東の雰囲気とも違う。

中華と欧州の間にどれだけの距離があって、いくつの国々があり、何種類の異なる言語を話す民族がいて、どのような文化があるのか、マリーには想像もつかない。

中央アジアよりももっと東側にあった、マリーにとっては未知の文化圏の、かつ宗教の国から異教徒の後宮におさめられた回教徒の姫君は、この贅を尽くした西洋楼に暮らして、果たして幸せだったのだろうか。

「イスラム教徒って、異教徒とは結婚しないって聞いていたけど――」

口にしかけて、マリーは黙った。近くに太監がいることに気づいたからだ。

政略結婚ならば、容妃にも、容妃の故国にも選択の余地はなかったのだろう。

耳ざとく聞こえていたらしい永璘は、マリーの側に立って、ささやき声で応じた。

「敗戦国の王女か、王妃だかであったそうだ」

それこそ、物語に出てくる悲劇のお姫様のようだ。

その後は、容妃の住まいであったという遠瀛観《えんえいかん》から、巨大噴水の大水法を眺めつつ昼食をとる。

永璘はひと通り西洋楼を案内すると、太監を招き寄せてマリーの世話をするように命じた。

「私と鄭凛華は長春園の視察をしてくる。マリーは我々が迎えに来るまで、ここで西洋楼の絵を描いていなさい」

「私ひとりで、ですか」

永璘はうなずいた。

「建前でも、仕事はやらねばならん。円明園の視察は一日や二日で終えられるものではない。日数は限られているので、視察は急いで終わらせる」

知らない場所にひとり残されるマリーの不安を察したのか、永璘はにこりと笑った。

「工芸菓子のための全景図や設計図は、こちらで用意できる。マリーが復元したいと思う場所や建物を描画していくといい。困ったことがあれば、この太監に尋《たず》ねなさい」

言い渡すなり、永璘は鄭凛華と太監の行列を引き連れて、円明園の広大な山紫《さんし》水明《すいめい》の郷《さと》へ溶けていった。

西洋楼の風景をスケッチするマリーの背後には、ふたりの太監が守護天使のように張りついて、決して側を離れることがない。

マリーが嘆息したり、咳払《せきばら》いをすると、どこからともなく茶菓を取り出して、休憩の段取りをつける。しかし、太監はマリーと目を合わせようとはせず、話しかけても会話に応じようとはしなかった。ときどき、彼らがひそひそと交わす言葉の中に『洋人《ヤンレン》』と西洋人を指す音を拾い聞きしてしまうのも、マリーの気持ちを縮ませた。

異端視されているだけでなく、ずっと監視されているという空気にはいささか辟易《へきえき》する。

さっとデッサンだけ描き終え、場所と角度を変えてまた建物や庭園を描く。絵の具は持ってこなかったので、色はフランス語と知っている漢語の両方でメモしていった。

西洋楼の景観をすべて工芸菓子に仕上げることは、マリーの手に余る。作るとしたらロココの柔らかな曲線が、飴《あめ》の素材感に共通する海晏堂《かいあんどう》であろうか。

マリーはひととおりのスケッチを終えると、海晏堂のバルコニーに登って西洋楼全体を見渡した。

そこで、とんでもないことに気がついた。

「屋根どうしよう！」

高い木にでも登って、建物の上から見下ろさなくては、屋根の形や形式などわからない。建物のピエス・モンテは、つまるところ縮小版の立体模型であるのだから、全方向からの詳細な絵図がなくては作れない。

焦って太監に相談すると、そんなことかという顔をされて、こちらへこいと手招きをされる。太監は屋内に入り、三層へと上がる階段を上り始めた。マリーが太監のあとについていくと、フォーセットの真上、切妻屋根の上に垂直に突き出た屋上階に至り、そこから屋根の上に出ることができた。屋上階のバルコニーは狭く、手摺《パラペット》りは低い。

屋上階の装飾は、近くで見ると圧巻のひと言だ。パラペットまで下がって『屋上のさらにその上にある屋根』を見上げたとき、最初に目に入った装飾は、ガーゴイルや神像ではなく、巨大な壺のような何かであった。最上階中央の正面壁を飾るのは、ひとの身長ほどもある伝統的な黄金のメダイヨン《メダイヨン》だ。円形の装飾板に浮き彫りにされた意匠《いしょう》は、巨大なホタテ貝だろうか。下から見たときは噴水のアコヤ貝の大きさに目を奪われて、さほど注意を引かなかったが、こちらの細工《さいく》も手が込んでいる。

海晏堂という名の通り、装飾には海からモチーフを得ているのかも知れない。

観賞はほどほどにして、マリーは高さに怯えつつ屋根の上を歩き回り、風に紙を飛ばされないよう、急いでスケッチを終えた。

洋館の背後の屋根からは、北側の城壁の向こうが見える。皇家庭園の外には、北京市内のような町並みではなく、豊かな水を湛《たた》えた河が悠然と流れていた。円明園の半分以上を占める湖水は、この川を水源にしているのかとマリーは思った。

南側の屋根からは、長春園の全貌《ぜんぼう》が見渡せた。地上からは深い山の連《つら》なりにも見えた風景であったが、やはり人造でしかないためか、鳥の視点を持って見れば、こんもりとした丘が散策者の視界を遮っていただけと知れる。

それにしても、たいしたスケールであった。君主一個人の楽しみのために、ひとつの都市に匹敵《ひってき》する規模の庭園が営《いとな》まれる豊かな国。

マリーは急にヴェルサイユ宮殿が懐かしくなった。二度と見ることができなくなるのなら、もっと何度でも見に行けば良かったと後悔した。円明園と違って、ヴェルサイユ宮殿は庶民にも開放されていたのに。それが世界でも稀《まれ》な恩恵であり、西洋の君主を戴く庶民の特権だったなんて、あのときは知らなかったのだ。あの宮殿は当時の美しさを維持しているだろうか。革命に押し寄せた暴徒に、破壊されてしまわなかっただろうか。

マリーの目に風が沁《し》みて、涙が滲《にじ》む。

マリーは生涯知ることがない。

後世において、フランス人の暴徒によって破壊され、二度と目にすることができなくなるのは、ヴェルサイユ宮殿ではなく、円明園の方であったことを。マリーより三代先の皇帝の御代《みよ》に、この円明園を完膚《かんぷ》なきまでに略奪《りゃくだつ》し破壊して瓦礫《がれき》の山と化し、地上から永遠に消し去ってしまうのが、まさにマリーの同胞であったフランス軍兵士たちの暴虐《ぼうぎゃく》であったことを。

❀

菓子職人の見習いと、九人の親王

マリーは洋館や噴水池、彫像など装飾の遠景や近景、そして鳥瞰図《ちょうかんず》を描き留めるために、横に長い西洋楼を何度も行ったり来たり、階段を上ったり下りたりしたせいか、永璘と鄭凛華が迎えに来たときには、もう一歩も動けないほど疲れていた。

ぐったりしてぴくりとも動かなくなっていたマリーを見つけた永璘は、轎《かご》を用意させた。

一行は長い道のりをふたたび円明園の大宮門へと向かう。

「西洋楼の見学は十日ほどいただいている。納得のいく下絵ができるまで、毎日通っていいのだぞ」

「そういう話でしたっけ」

マリーは、視察の日程や予定について知らされた記憶はない。ただこの日に円明園に行くという話を聞かされただけではなかったか。

「明日からは長春園の大東門から出入りできるよう、手配しよう。あの門からなら、西洋楼に一番近い」

永璘の提案に、最初からそうしてもらいたかったと思うマリーだが、口にすべきではないし、言っても仕方がないので黙ってうなずいた。


一行が臣下の入ることを許された正大光明殿まで戻ると、そこは来たときよりも人が多く賑わっている。

「紫禁城から使者でも来たのか」

永璘がいぶかしげにつぶやきつつ中に入ると、そこに集まっていたのは身分の高そうな男たちの一群であった。

「おー、戻ってきたぞ」

「永璘！」

永璘の同母兄、第十五皇子の永琰《えいえん》が、恰幅《かっぷく》のよい頬と腹を豪快に震わせながら前に出て、苛立った声で弟を呼びつけた。

「十五阿哥《あか》。皆を連れてどうしてここに」

永璘がどこか怖《お》じ気《け》づいた声音で周囲を見回し、兄に訊ねる。永琰はつかつかと弟に近づいて、やはり叱りつけるような口調で問い詰める。

「おまえが異国人の厨師を円明園に連れ込んだと耳にしたので、不祥事でもしでかすのではと心配してきたのだ」

嘉《か》親王の永琰に嫌われているマリーは、そそくさと永璘の背中に隠れた。

その前にちらと見回した限りでは、吝嗇《りんしょく》で知られる目つきの狷介《けんかい》な皇十一子の成《せい》親王永《えい》瑆《せい》と、いまだ滑らかな頬をした豫《よ》親王裕豊《ゆうほう》の紅顔も見えた。あとはざっと数えて少年から壮年というばらつきのある、六人の男たちだ。いずれ劣らず、上等の絹の長袍《チャンパオ》に貂《てん》や狐の毛皮を縁取りした胴着、帯には玉佩《ぎょくはい》の垂飾《たれかざ》りと、細かく高雅《こうが》な刺繡《ししゅう》を施した煙草《たばこ》入れを下げて、親指には玉石の板指《バンジー》を嵌《は》めている。みなが成親王や豫親王と親しげにしているところを見ると、同じくらい貴《とうと》い地位にある男たちであると思われる。

——え？　てことは、ちょっと待って。これみんな親王とか、鉄帽子《てつぼうし》王《おう》？　全員が愛新《あいしん》覚羅《かくら》の御一族？

マリーは非常に焦った。振り返れば太監たちはもちろん、鄭凛華も膝をついて頭を垂れている。マリーはひとりだけ女であることを、このときほど不便に感じたことはない。

とりあえず、画板を抱えたままなので手は腿に乗せることはできないが、急いで膝を折り、腰を低くした。

「不祥事など、これだけ太監に囲まれて監視されているのに、無理です。それに、マリーに西洋楼を見せるのは皇上のご意向であり、ある意味ちゃんとした公務ですよ。それより、どうして裕豊や昭槤《しょうれん》まで」

名指しされた豫《よ》親王がさっと顔を赤らめて視線を逸《そ》らした。同じく呼ばれた名に反応したのは、まだ成人しているとは見えない少年であった。おとなたちに埋もれないよう前に出て、興奮に輝く瞳でマリーと永璘を見比べている。その少年を押さえつけて、まだ二十代の後半とおぼしきひとりが、一歩前に出てにこやかにしゃべりだす。

「十七阿哥《あか》が、西洋から招いたご自慢の糕點師《ガオディアンシー》を連れて円明園に御出座になると聞いて、みなで見に来たんですよ。春節の使い物から中秋の洋式月餅《げっぺい》といった、もろもろの美味なる西洋菓子を作ったのが、年端もいかぬ少女というじゃないですか。しかもあの袁枚《えんばい》までがその娘の作った洋菓子を絶賛したとか。我々はそれこそ、この一年のあいだずっと、興味津々《しんしん》でいたのです。豫親王はすでに会っているというので、どんな廚娘《ちゆうじよう》であるかと問い詰めてみれば、なかなかの美人だというではないですか。慶貝勒府《けいベイレふ》から出てくるということの絶好の機会を逃せるものではありません」

廚娘とは過去の王朝で活躍した女性料理人のことだ。料理の腕が神業《かみわざ》的に素晴らしいだけではなく、容姿端麗《たんれい》で学識も備えた才媛でなければ廚娘の呼称に値しないという。マリーには過ぎた称号であった。

西洋の女糕點師をめぐる巨大な尾ひれのついた噂《うわさ》に、永璘はかぶりを振った。前を向いたまま、振り返らずにマリーと鄭凛華に立ち上がるように命じる。その横では苦虫を嚙《か》みつぶしたように渋い顔の永琰が、弟を庇《かば》うように巨体を以《もっ》て立ちはだかり、少し離れて、冷ややかな眼差《まなざ》しの永瑆が尖り気味の顎を突き出すように立っている。名前を出されて耳を赤く染めた豫親王はうしろに下がり、それ以外の男たちは、好奇心でにやにやとした笑いを口元に貼り付けている。

年若い相手を威圧するように、永琰がぐっと大きく広い胸を反《そ》らす。

「莊《そう》親王。外国人の女ですから、まだ清国の作法などよくわかっておらず、このように囲まれては、それこそどんな無礼な振る舞いをしでかすか」

「十五阿哥《あか》、公式の行事でもあるまいに――」

莊親王がさらに言い募《つの》ろうとするところへ、立派な髭を蓄《たくわ》えた年かさの貴人が割り込んでくる。

「作法などこれから仕込めばよいではないか。重要なのは、その娘が袁枚のお墨付きをもらった、将来有望な糕點師《ガオデイアンシー》であるということだ」

「いやいや、怡《い》親王、そういう問題では」

さすがの永琰も、年長の鉄帽子《てつぼうし》王を相手にたじたじのようすだ。マリーは永璘と巨漢の永琰の間に隠れるようにして、身を縮ませた。

状況を整理するに、使用人であるがゆえに、王府の膳房からほとんど表に出てくることのない評判の女糕點師が、永璘とともに公的な場所へ外出することが宮廷に知れ渡り、好奇心に駆られた親王諸氏が集まって見世物状態になっているようだ。

しかも！　豫親王の不用意なひと言が、かれらの野次馬根性をさらに刺激したらしい。

――美人て！　清国に来てから一度も言われたことないけど。

マリーのミルク色の肌がふわりと赤らむ。豫《よ》親王の趣味は、清国人としては少しずれているのかもしれない。ちなみに、永璘からは容姿については何も言われたことはない。絶賛してくれるのは、常に菓子の出来だけである。

マリーの視界は永璘と永琰の背中でいっぱいなので、豫親王の表情などは確認のしようがない。鉄帽子王という、先祖の功績によって、子孫もまた親王位を相続できる身分にある若き青年が、新興の王府の使用人に興味を示すのは、これはある意味スキャンダルなのではとマリーは思った。

――ああ、私が女でなければ、こんな問題を引き起こさなかっただろうに。

マリーは歯がみをする思いだ。男の厨師なり糕點師《ガオディアンシー》であれば、その作品だけが評価される。マリーの容姿や年齢など問題にならないはずだ。

「その糕點師は、親王家と縁があると予言されているというではないか」

誰の発言かわからない。声の響きは壮年以上であったので、先ほどの怡親王か、名前も知らない親王の誰かだ。

永璘が振り向いて、もの問いたげにマリーを見た。マリーは反射的にぶんぶんと首を横に振る。場末の呪術師の予言が、どうして親王という高貴な人々の耳にまで入っているのか、マリーはまったくあずかり知らぬことだ。

「鄭《てい》親王！　そのような下町の呪術師の言葉など、お信じになるのですか」

反論するのは永璘ではなく、兄の永琰である。

それよりもマリーを驚愕《きょうがく》させたのは、小菊《しょうぎく》と訪ねた胡同《フートン》の呪術師の予言が、どうして宮廷にまで広まっているのか、ということであった。

「そうだ。その糕點師《ガオディアンシー》の娘は、親王家に奉仕するべき人材である」

誰の言葉か、もはやマリーには聞き取れない。親王同士で、マリーの引き抜きを争う声があがる始末である。永璘がひと言も反論せずにいるのは、この場でもっとも位の低い、貝勒《ベイレ》であるがゆえだろうか。

「まるで、我が弟が親王になることがないとでもいうような、おっしゃりようですね」

同母兄の永琰が、声に苛立ちを含ませて反論する。

「十七阿哥《あか》が親王になれるとおっしゃるのか」

永琰の背に阻《はば》まれて、誰の台詞《せりふ》なのかはマリーにはわからない。かなり年長と思われる声だ。親王へ進む可能性を、言下に否定された永璘の顔を、マリーは見ることができない。

だけど、後ろから見える顎の線に、ぎゅっと力が入ったように見える。周囲のなぁなぁという声の反響が、発言者に同調しているようでマリーにはつらかった。

「粛《しゆく》親王！」

怒気を孕《はら》んだ永琰の声が響き渡る。親戚であろうと、身分差のために何も言えない永璘の代わりに声を上げてくれる兄の永琰の存在が、いまのマリーには涙が出るほどありがたい。兄弟の絆《きずな》があるというだけでも、永璘には救いになるはずだ。

「諸兄よ」

唐突に、落ち着いてはいるが尖《とが》った声が一同の上に響き渡る。

「この珍しげな異国人の糕點師《ガオディアンシー》を手に入れたいという諸兄のお考えは理解できるし、私自身、非常に興味深いとは思っていますが、この糕點師は現在、皇上より非公式ながらも御心に適《かな》う菓子を作るよう命じられております。その帰結を見定めるまでは、この糕點師を取り込むことは、見合わせた方が良策かと思われますが」

マリーは、自分たちを庇う声を上げた人物が、永璘の異母兄で皇十一子の成親王永瑆であることに驚かされた。正室の妃を狂疾《きょうしつ》に追い込むほどの倹約家で、吝嗇《りんしょく》にかけては都で並ぶ者がないという皇子様である。お金にも食べるものにも困っているはずがないのに、異母弟の永琰とは対照的に痩《や》せていて、顔は細く目つきも険しい。そのため、見た目も印象もひどく尖っている。

永瑆の発言に、それまでの喧々囂々《けんけんごうごう》が静まりかえる。マリーはぶるりと身を震わせた。マリーの処遇は、このケチで知られた成親王の、弁舌ひとつにかかっているのだ。

「この異国人の女糕點師の作る菓子が皇上の不興を買えば、その後見者たる王府の主にも、累《るい》が及びます。今は静観するべきかと。今日のところは、噂の糕點師の顔が見られたのですから、ここは満足して引き上げるべきではございませんか」

ざわざわと、親王たちの不満に満ちた声が飛び交う。

春節や中秋の贈答で、マリーの作った洋菓子が気に入ったらしき親王たちは諦めきれない様子であったが、乾隆帝の思惑がのしかかっている現実を示されると顔を見合わせた。それほど皇帝の意向は親王たちにも恐ろしいものらしい。

永璘が兄よりも一歩前に出て、ようやく反論の機会を得た。

「当家の厨師が、親王家に召し抱えられるべき、という流言の出所については検証の必要を感じますが、いまは当王府としても、それどころではありません。こちらの趙《ちょう》糕點師《ガオディアンシー》は皇上より非常に難しい工芸菓子を委託されております。その結果いかんでは、我が王府としても一蓮托生《いちれんたくしょう》となるほどです。それほどの危険を冒《おか》してでも、こちらの趙瑪麗《マリー》を召し抱えたいという王府はおありですか」

親王たちは鼻白んだ表情になって、互いの顔を見合わせる。

成親王永瑆が前に出て、鉄帽子王たちに笑いかけた。

「王府の存亡がかかっているのですよ。ここは様子を見た方がよいのではございませんか」

親王たちが三々五々と正大光明殿を出て行くのを見送る余裕もなく、張り詰めていた緊張の糸が切れて、マリーは足下がぐにゃりとして立っていられなくなった。倒れそうになったマリーを支えてくれたのは、ずっと背後に立っていた鄭凛華《ていりんか》だ。

「大丈夫ですか、趙小姐《シャオジェ》」

ぼんやりとした視界越しに、心配そうにのぞきこむ鄭凛華と永璘の顔が見える。マリーは唾《つば》を飲み込んで頭を振った。

「午後はスケッチに夢中になってたせいか、あまり水もお茶も飲めなかったので、気分が悪くなったみたいです」

永璘が怒鳴《どな》るようにして、太監に茶を持ってくるように命じる。

マリーがどんな人間であるのかも知らず奪い合いに来た男たちに囲まれて、とても怖かったことは言葉にできない。争いが終わって緊張がとけ、気が遠くなってしまったことは、周囲の永璘や永琰の目にも明らかであったろう。

「まったく、だからこの女をさっさと法国《フランス》へ送り返せと言ったのだ。この先どんな問題を引き起こすかわかったものではないぞ！」

ふくふくとした頰を震わせて、苛々と説教をしているのは永琰である。

「鉄帽子王たちを牽制《けんせい》するために来てくださったのですね。十五阿哥《あか》」

永璘は感謝の気持ちを滲《にじ》ませて同母兄に頭を下げた。

「おやおや、この場をおさめた人間には、ひと言もないのか」

特徴のある尖った声が、軽い非難を込めて永璘に向けられた。

「十一阿哥も、どうもありがとうございます」

永璘は漢族風に両手を重ねて、おどけた風に異母兄に礼を言う。

「永琰が、自分だけでは鉄帽子王を制するのは難しいと言うのでな。まったくあいつらは」

永瑆は吐き捨てるように語尾を切った。

先祖の功績により、生まれながらに親王の位を約束された鉄帽子王と異なり、永瑆たちは自力で爵位を勝ち得て、位を進めてゆかねばならない。今上皇帝の皇子たちとしては、共通する腹立たしさがあるのだろう。親王たちから弟を庇った永瑆だが、鉄帽子王たちに対するいまいましさを、今度は末弟に容赦《ようしゃ》なく向ける。

「そなたがもっと学問に励まず、実績を上げないから、未だに郡王《ぐんおう》にもなれずにいるのだ。あやつらを見返すほど努力してみたらどうなのだ。そうすれば皇上も――」

「十一阿哥《あか》」

永琰が手を上げて異母兄を制した。永璘はただうなだれて反論もしない。兄弟の諍《いさか》いを前に、マリーは言葉もなくただ見つめているだけだ。無意識に鄭凛華の袖を握りしめていたようで、その拳を鄭に撫でられて、はっと我に返る。マリーは声にならない仕草で謝罪した。

同母の兄に促《うなが》された永璘は、顔を上げて異母兄の永瑆へと視線を向ける。

「皇上の期待に応えられないのは、私の無能にあります。私には十一阿哥のような才能に恵まれておりません。努力はしてみるのですが、頭に入らないし、そのために上達もせず、興味が続かないのです。兄弟といえども、同じように努力したからといって、同じ結果が出せるわけではない。誰もが十一阿哥《あか》や十二阿哥のように、才能にあふれ、聡《さと》く賢く生まれついてくるわけではないと思います」

　同年で才を競い、生母の過《あやま》ちから薄幸に散った弟を引き合いに出されて、永瑆はきゅっと口を閉ざした。学問の才に加え、温厚な人柄《ひとがら》で人望もあった皇十二子永璂《えいき》が生きていれば、決して勝つことのできなかったであろう永瑆にとって、触れられたくない泣き所であったのかもしれない。

　才能にも人格にも恵まれていた永璂は、乾隆帝に深く愛された有力な皇太子候補であった。しかし、母后が呪詛《じゅそ》の疑いをかけられて廃されたために、その息子は封爵されることなく若くして世を去った。

　永璂には嫡子がいなかった。そのため、皇位を争っていたかもしれない異母兄の永瑆が、永璂の家を存続させるために自分の四男を養子に出している。

「十一阿哥にまで助けていただいて、感謝を申し上げます。今日は引き返すときに、売買《ばいばい》街を通ってきましたよ。掏摸《すり》に転ばされて足をすりむいた私を、おぶって歩いてくれたのは、十一阿哥でしたね。人混みではぐれないように、十五阿哥の手を引いていたのは十二阿哥でした。十一阿哥と十二阿哥がいて、四人で歩いた売買街は、あの日が最後でした」

　永璘は福海に沿って大宮門へ戻る途中、北京の胡同《フートン》を模した商店街でマリーを轎《かご》から下ろさせた。商店街といっても、この日はどの店も閉まっていて、人影はなかった。

　永璘の説明によれば、本物の市井《しせい》へ出かけて買い物や買い食いのできない妃や宮女、そして幼い皇子たちのために、年に何度か太監らによる大規模な模擬商店街がここで開催されるのだという。

――本物の城下の喧噪《けんそう》を再現するために、あらゆる種類の点心を売る屋台や、物品を扱う店が並ぶ。さらに胡同では興行や講談も催《もよお》され、その人混みに紛れて掏摸や万引き、喧《けん》嘩《か》も起きる。盗人《ぬすつと》を捕まえれば裁判も行われるから、掏摸は杖刑までしっかり受けなくてはならない。逃げ切ればお咎《とが》めなしだ。

そのような喧噪など想像もできないほど、いまは寂れた偽《にせ》胡同の一角を、永璘は懐かしそうに見回してから、再びマリーを轎に乗せて帰ってきたのだ。

そのときは深く考えなかったマリーだが、永璘の背《せ》丈《たけ》が伸びて屋台を見比べることができるようになり、自分の小遣いで買い食いができるようになった年頃には、賑やかな売買街を歩き回る皇子は、かれのほかに誰もいなかったことに思いがいたる。

マリーには把《は》握《あく》できていない兄弟の追憶としがらみが、いつもは朝議に使われる広い宮殿に重く垂れ込める。

「誰だ」

永琰の鋭い声が響いた。大宮門に向いた正大光明殿の入り口で人影が動いたのを、永琰が見咎めたのだ。

「あ、阿哥たち。すみません」

おずおずと柱の陰から顔を出したのは、豫《よ》親王だ。

「私が余計なことを申したせいで、ほかの親王たちが、こちらにおしかけるようなことになってしまって」

豫《よ》親王はマリーを一瞬見つめて、それから無理矢理といった風に目を逸らした。永琰は右手を振って、気にするなと言うように嘆息した。

「裕豊《ゆうほう》が鉄帽子王らの動きを知らせてくれたから、我々も遅れずに駆けつけることができたのだ」

「私の方は、わけもわからず永琰に引きずり込まれたがな」

永瑆が苦笑交じりに付け加える。

鉄帽子王が一斉に動き出したら、永琰だけでは抑えきれなかったであろう。次代の皇帝と目されているふたりが同調して動けばこそ、六人の鉄帽子王を牽制《けんせい》できたのだ。

永琰皇子がぐるりと振り向き、マリーをにらみつけた。

「これだけの数の親王を翻弄《ほんろう》するとは、そなたはいったいどういう星回りの女であるのか」

そんなことを言われても、濡《ぬ》れ衣《ぎぬ》であるとしかマリーには思えない。

「ところで、趙瑪麗《ちょうマリー》が親王家と縁があるというのは、どういう戯《ざ》れ言《ごと》だ？」

永瑆は呪術師の予言なるものを追及する。

「それは、私も初耳ですが」

永璘が困惑して応える。

「都じゅうに流布《るふ》している」

鋭く突っ込むのは永琰だ。

「十七阿哥《あか》はご存じなかったのですか」

豫親王が若い顔を素直な驚きに染めた。永璘は首を振り振り応える。

「いや、忘れていただけか……。邸で誰かが噂していたのを耳に挟んだことはあるような気はする。だが、そんなやくたいもない予言、誰が本気にするのだ」

マリーは、自分に関する予言が都の貴人たちの間で噂になっていたことも恥ずかしいが、それを永璘も知っていたというのが、いっそう応える。いっそ福海の底に沈んでしまいたい。

永琰は豫親王を問い詰める。

「鉄帽子王たちは信じたようだぞ。裕豊、そなたは信じたのか」

豫親王は顔を薄桃色に染めて、首を横に振った。

北京城下の酒楼で、使用人やマリーの前で見せた、高慢な態度が嘘のように腰が低く、動揺を表に出している。

「信じるとかではなくて、あちこちの王府では、あの洋菓子が普段から口にできるのならば、西洋人の厨師を召し抱えたいものだとは、この春から噂にはなっていました。袁枚《えんばい》の太鼓判もいっそう瑪麗《マリー》の評価を上げたことで、その、親王家に仕えるべき定めならば、いつまでも貝勒《ベイレ》府に置いておくこともなかろうと――あ、私が言ったんじゃありません！

えっと、礼《れい》親王です。ほら、ご高齢の自分が出てくるのは体面上問題があるものだから、代わりに嫡子の昭槤《しょうれん》を寄越したでしょう？」

ひとりだけ、際だって若い少年がいたのを、マリーは思い浮かべた。あの子もやがては親王になる身で、お菓子食べたさにこの騒動の尻馬に乗ってきたわけだろうか、とマリーは暗澹《あんたん》とした気持ちになった。

「いまからでも遅くない。その女は法国《フランス》へ送り返せ」

永琰は吐き捨てるように言った。兄の言うことはいつも弱腰で受け取る永璘であったが、このときははっきりと反論した。

「いいえ、もう遅いです。とりあえず、西洋楼の工芸菓子を作ってみせなければ、皇上はマリーの帰国もお許しにならないでしょう」

この場に残った永琰、永瑆、豫《よ》親王裕豊は、気の毒そうにマリーを見つめて、申し合わせたように小さく嘆息した。

いったい何が自分の身に起きているのか、できれば一日も早く北京から逃げ出したい誘惑と闘うマリーであった。

第二話

公主の懐妊と二度めのクリスマス

西暦一七九一年　乾隆五六年　冬
北京内城

菓子職人の見習いと、肖像画

一件落着とはほど遠い様相で、一同は正大光明殿《せいだいこうみょうでん》を後にした。
馬車を用意して待っていた何雨林《かうりん》らの随従《ずいじゅう》は、いきなりやってきた鉄帽子王《てつぼうしおう》たちが総出で円明園《えんめいえん》になだれ込み、しばらくしてガヤガヤと不満げに話しながら一斉に出て行った顛《てん》末《まつ》に、無言の問いかけを瞳に湛《たた》えていたが、永璘《えいりん》と三親王はただ黙って馬車に乗り込み、あるいは馬に乗って引き上げる。

来るときは馬車に同乗していた鄭凜華《ていりんか》は馬を与えられた。つまり、馬車の中でマリーは永璘とふたりきりになってしまう。

「その、呪術師とやらの予言を詳しく言え」

それはそれは不機嫌《ふきげん》な声と調子で、問い詰められる。二度と触れたくない話題だったのに、とマリーは顔を赤くしたり、青ざめたりして呼吸を整え、両手で顔を覆《おお》って気持ちを整理した。

「小菊《しょうぎく》の腹痛の薬を買い求めに、どこかの胡同《フートン》の呪術師の家に行ったとき、そこで小菊が結婚運を占おうと言い出したんです。私は興味なかったんですけど、小菊が強引に頼んでしまって」

マリーの鼻腔《びくう》に、あの日に嗅《か》いだ強烈な香の匂いが蘇《よみがえ》る。呪術師の転がす白い骨牌《こっはい》の乾いた音も、耳の底に響いた。そして未来を告《つ》げる呪術師のしゃがれた声。

「私は、晩婚になるだろう、でも望みを叶《かな》えたければ、その方がいい、って言われました」

「親王云々のところは？」

永璘は眉間《みけん》に皺《しわ》を寄せて、先を急がせる。

「親王と縁があるけど、縁起はあまり良くないそうです。この縁が良いのか悪いのか、呪術師にもわからないとか」

「良くないのか」

永璘は、吉凶をどう判断していいのかわからないといった表情で、額に手を当てた。しばらく考え込んでから、ふたたび口を開く。

「親王と縁があるとして、その縁が結婚だと呪術師は断言したのか」

マリーはどうだったかと思い返す。

「え、しなかったと思います。結婚の占いだから、小菊はそう思ってしまったのかも」

あの噂《うわさ》の出所は間違いなく小菊であろうから、マリーはそのように解釈した。

「縁とは、何も結婚に限らぬ。家族も友人も敵もみな、縁によって出逢《であ》い、かかわり合う。ただ、そのマリーの将来にかかわってくる親王とやらの出逢いが、あまり縁起が良くないというのは気になるな。どちらに、あるいは誰にとって縁起が悪いのか」

「良いか悪いか、呪術師にも判断がつきかねるということでした」

「良いと断言できないのなら、良くないのだ」

「あの、どうしてみなさん、占い師の予言が当たる前提で話しているのですか」

マリーの疑問に、永璘は目を見開いて苦笑する。

「マリーの宗教は清国の典礼を認めていなかったのだな。ならば中華古来の信仰や満洲族《まんしゅう》の迷信も、マリーに関しては実現しないかもしれない」

永璘はむしろほっとした顔で、自分の膝を軽く叩いた。

「マリーを北京《ペキン》に連れてきたのは私だ。糕點師《ガオディアンシー》とするために膳房と折り合いをつけ、育てているのは高《こう》厨師だ。その苦労を飛ばして、ほかの親王家に横取りされるのは業腹《ごうはら》である」

いやいやどこへも行きませんて、とマリーが言おうとしたところへ、永璘は急に鋭い目つきになってマリーへと身を乗り出した。

「しかし、豫《よ》親王はかなりマリーに執心《しゅうしん》と見た。好意を持たれているようであるが、マリーは心を動かされたのか」

「あ、なんかおっしゃってましたね」

マリーはしらを切ったが、頬がぽっと赤くなってしまった。永璘は不機嫌になり、胸の前で腕を組んだ。マリーは何も言わない方がいいと察して、膝の上で両手を握りしめた。

「自分のことを、女として扱うなと言ったのはマリーだぞ」

永璘の低い声に、馬車の中の空気が重たい圧でマリーの両肩に下りてきた。

「そう、でしたっけ」

「ブレスト港を発《た》って五日目に、マリーがそう言ったのだ」

「そういえば、そうでした」

赤道へと向かう外洋船の上で、本気か戯《たわむ》れかはわからないが、使用人の階層は女性には危ないので、永璘の船室に移るように言われたのだ。その意味がわからないほどマリーは初心《うぶ》ではなかったので、はっきりと断った。何より、婚約者を失ってまだ時間が経《た》ってなかった。だから、自分を雇《やと》われの料理人としてだけ扱うようにと永璘に頼み、聞き入れられた。

そのあとも、ふと思い出したので気が変わってないか確認してみる、といった永璘の誘いを断固として断り、周囲の人間に男女の関係をほのめかされると、信仰の違いを理由に否定し続けてきた。

「それがいまさら、若い親王に美しいと言われて、嬉しそうにしている」

「してません」

「頬が赤い」

「これは怒っているのです。おかしな噂に乗せられて、無責任な発言をなされて、問題を大きくした豫親王さまに、怒っているのです。第一、庶民や使用人には高飛車でいばっていたのに、親王さま方の前ではへこへこと態度を変えるような方とは、二度とお会いしたくないです」

マリーは長袍《チャンパオ》の膝をぎゅっと握りしめて、はっきりと言い切った。

「ほう?」

永璘は唇の片方をきゅっと引いて、皮肉っぽい笑みを作る。

「確かに、あまり良くない縁だな。このような騒動を引き起こした一因であるのだから」

「だから、胡同《フートン》の怪しげな占い師の予言を、どうして信じる必要があるのですか。万歩譲って信じるにしても、ずっと先のことですよ? 老爺《ラオイエ》が親王になってから、って可能性もあるでしょう?」

将来の相手が永璘であっても良い、と言ってしまったことに気づかず、マリーは言い募《つの》った。永璘はふっと小さく微笑《ほほえ》んで、組んでいた腕を下ろした。

「どうかな。私は親王にはなれまい」

馬車の空気が一気に虚無《きょむ》を帯《お》びてくる。触れてはいけないところに触れてしまったのか
と、マリーはうろたえた。

「皇上が至尊《しそん》の座におられるうちは、郡王《ぐんおう》にもなれないだろう」

「そんなこと——」

「私の爵位《しゃくい》をいまより上げないのは、まあ上げるほど功績がないというのもあるが、皇太子候補の数には入っていないという、皇上の明確な意思表示だ」

鉄帽子王たちの、永璘を軽んじる態度が克明《こくめい》に思い出され、マリーは唇を噛《か》む。

「私は皇上には好かれていない。それでも後宮を出たときに貝勒《ベイレ》位を賜《たまわ》れたのは、皇上がご寵愛《ちょうあい》された亡き母上のためだ。幼い末子を置いて世を去ることを案じられた母上が、せめて私が食うに困ることのないよう、皇上にお願いされたのだろう」

「でも、本当に好かれていなかったら、洋行もさせてもらえなかったでしょうし、私みたいな身元の怪しい異教徒の外国人を雇うことも、認めてもらえなかったのではありませんか」

永璘は少し姿勢を崩し、窓枠に肘《ひじ》をかけて頬杖《ほおづえ》をつく。

「皇上のお心は測りがたい——気まぐれなところも、おありだから」

「清国の皇室って、親子喧嘩《げんか》はできなそうですね」

女が菓子職人になることに、はじめは反対していた父親と、何度も言い争いをして徒弟への道を勝ち取ったマリーには想像もできない。

「皇室の子が親に逆《さか》らえば、大逆の罪で裁かれる」

なんという家族関係だろうと、マリーはもう何も言わない方がいいような気がしてきた。

黙ってうなだれていると、聞き取るのも難しい低い声で永璘が話し始める。

「さきほど、十二阿哥《あか》の話をしたとき、十一阿哥は黙ってしまわれただろう？」

皇十一子の永瑆《えいせい》と、すでにこの世を去った皇十二子の永璂《えいき》のことだ。

「十一阿哥はとても優秀でおられるが、二ヶ月あとにお生まれになった十二阿哥の才能と頭脳は、十一阿哥よりもさらに優っていたという。性格も、ずっと穏やかで控《ひか》えめなお方であったそうだ。皇后腹で人望もあった十二阿哥は、誰よりも皇太子の座に近かった。皇上もそのおつもりと周囲は感じていたようだ。だが、船の上でも話したように、皇后まで登られたご生母の犯した不祥事《ふしょうじ》に巻き込まれて、十二阿哥は皇太子となる望みを断たれた。それでも、十二阿哥は両親を恨むことなく勤勉に研究を続けられ、多くの名著を残されたが、ついに叙爵《じょしゃく》されることなく無位のまま病で世を去られた。私が十歳のときであった」

永璘は眠たげな声で、追憶を語る。

「私とて、幼いときは皇上にとても可愛がられたというし、皇上が頻繁《ひんぱん》に母の宮殿においでになって、私を膝の上に乗せてくださった記憶もある。皇上との距離ができはじめたのは、絵を禁じられてからのことではなく、その後の勉学の成果がはかばかしくなく、どの皇子と比べても劣《おと》っていたせいではないかと潁妃《えいひ》はお考えだ。馬は人並みに乗れるが、弓は上達せず、木蘭《もくらん》の狩猟《しゅりょう》でも他の皇族より良い成績を出したことはない。尊貴の生まれに甘んじて、この年まで何も成し遂げておらぬ私が、第三位の爵位を賜ったのは過分なことだと、今日おしかけてきた鉄帽子王たちも感じているのだろう」

「鉄帽子王家に生まれただけで親王になれた方々よりは、老爺《ラオイエ》は努力していらっしゃると思いますよ」

マリーは口を尖《とが》らせる。言わなくていいこととは思ったが、ほかに誰も聞き咎《とが》める者はいないのだ。

「それに、老爺は一番大好きな絵を禁じられたんです。やりたいことができないのに、他のことに興味が持てなくて、長続きしないのは当たり前じゃないですか。私だって――」

マリーは昔のことを思い出して唇を噛んだ。

「はじめから菓子職人になるように、父に仕込まれたわけじゃないです。やっぱり、女が職人として独《ひと》り立ちするのは大変なので、裁縫とかもっと普通のことをやれって叱《しか》られました。でも、お菓子作りのことばかり考えてしまうので、他のことは全然身につかなかったです。母が味方してくれたので、最後には父が根負けしたわけですけど」

永璘は頬杖をついていた手から顎を離して、納得したように微笑んだ。

「そうか。絵を学べていたら、勉学にも身が入ったかもしれんな。いまとなってはどうでもよいことだが」

よくないとマリーは思うのだが、永璘がすべてにおいてやる気がなく、やる気を出しても続かないことは、この三年近いつきあいでわかってきたことなので黙ることにした。少なくとも、独習なりとも現在まで絵を描き続けてはいるのだから、永璘の才能と興味のすべては、絵だけに集約されているのかもしれない。

幼かった永璘が洋風の絵を描いた理由は、天与の才に加えて、常に身近にあったカスティリヨーネの絵に影響を受けたのだろうと、今日の訪問で説明がついた。しかし、それがどうして乾隆帝を怒らせたのか、そちらの謎は深まるばかりだ。

「洋行の目的も果たせず、皇上を失望させてしまった以上は、このまま貝勒《ベイレ》として安穏《あんのん》として生きていくのも可なりと考えていたのだが、マリーを他の親王にかすめ取られるのは気にくわない」

「親王を目指されますか」

マリーはぱっと顔を上げた。向上心に目覚《めざ》めるのは良いことだ。永璘は笑い声を上げる。

「目指してなれるものではない。まあ、十五阿哥《あか》が即位なされたら、また風向きも変わってくるだろうよ。焦ることはない」

やはり他力本願なのかと、マリーは落胆した。

――でも、他の親王じゃ嫌なんだから、やる気は持続してもらわないと――

などと、マリーは密《ひそ》かに考えた。ちらっと豫《よ》親王の横顔が横切ったが、強制的に忘れることに決めた。そんなマリーに頓着《とんちゃく》せず、姿勢を正した永璘が眉間に皺を寄せる。

「いま問題なのは十年先の私の昇進よりも、数ヶ月先のマリーの去就《きょしゅう》だ。十一阿哥がああ言ったせいで、マリーの工芸菓子の献上は逃れ得ぬ任務となったぞ」

マリーは、口を「え」の形にして永璘を凝視《ぎょうし》した。

「西洋楼を視察して、マリーが無理だと思えば、見習い徒弟には時期尚早《しょうそう》であると皇上に申し上げるつもりであったが、明日には西洋楼の工芸菓子の制作は勅諚《ちょくじょう》であるかのように内城じゅうの人々が噂し、鉄帽子王の誰かが今日の顚末《てんまつ》を皇上のお耳に入れることは必至。もはや、後には退《ひ》けぬ」

マリーは永璘の言葉を何度か頭の中で繰り返した。

本当に、あの西洋楼の建物や噴水池を、お菓子で再現できるのだろうか。一歩門を出てしまえば、建物の様式すらはっきりとは思い出せなかった。屋根から窓と壁、そして壁のあちこちにそれこそ隙間《すきま》なく施《ほどこ》された、あらゆる装飾の種類と精緻《せいち》な彫刻。

「十一阿哥に、退路を断たれたな。もしかしたら、助けられたのではなく、嵌《は》められたのだろうか――」

永璘はぎゅっと目を瞑《つむ》って、揺れる馬車の天井を仰《あお》いだ。

それから数日かけて、マリーは円明園に通った。

成《せい》親王永瑆に釘をさされたものの、好奇心には勝てずに円明園の門で待ち構えている親王は少なくなかった。二日目は大宮門で待ち伏せされていたらしいが、大東門から出入りしていたことを察知した親王たちは、三日目にはもうそちらに集結していた。さすがにマリーをさらっていくつもりはなさそうであるが、いちいち相手をさせられるのはまったく時間の無駄であった。

これまで贈答品に出された洋菓子について褒《ほ》められたり、作り方を教えるようねだられたり、あるいは慶貝勒府《けいベイレふ》での給料を探られたりと、とにかく煩《わずら》わしい。小さな筐《はこ》を受け取らせようとしたのが何親王であったか、マリーには見分けがつかないが、それはマリーが遠慮《えんりょ》しているうちに永璘が断ってくれた。中身が簪《かんざし》であれ、腕輪であれ、あるいは現金であったとしても、マリーには興味のないものだ。

――バニラエッセンスなら、少しは考えるけどもね。

などと内心でつぶやくマリーだが、誰にねだるつもりもなかった。

庶民で外国人のマリーが円明園の出入りを許されているということが、乾隆帝《けんりゅうてい》の思惑《おもわく》を知りたがる皇族たちの注目を集めているのだ。マリーは話しかけられても顔を伏せたままで、永璘や鄭凛華《ていりんか》、または何雨林《かうりん》ら侍衛《じえい》の間に隠れるようにしてその場を小走りにすり抜ける。

円明園に行くたびに、違う門から出入りし、さらに永璘が同行できない日は護衛の数を倍に増やした。また囮《おとり》の馬車や轎《かご》を出させて、いくつかの門に配置し、親王やその配下の隙を突いて脱出を図る。

まったくもって意味のない追いかけっこを繰り返す日々に、王府へ帰宅したころには、マリーも侍衛たちも疲労が溜まっていく。

四日目にはついに、同母兄の永琰《えいえん》が嘉《か》親王家の馬車を出してくれることになった。

「鉄帽子王といえども、さすがに嘉親王家の馬車に手を出すことはできないからな」

次の皇帝候補でもある永琰の不興を買いたい人間は、北京にはいない。同母の兄から援助を引き出した永璘は得意げだ。兄を隠れ蓑《みの》にして生きてきた永璘は、他力本願が身についた処世術となっている。

無事に十日が過ぎて、マリーは杏花庵《きょうかあん》の奥の間で、山と溜まったスケッチ画を炕《かん》の上に並べていった。それだけでは足《た》りないので、調理台や食事用の卓の上にまで積み上げていく。

　せっかく前院の厨房に大きな石窯《いしがま》ができたというのに、ほとんど使う暇《ひま》もないまま、マリーはピエス・モンテの構想にとりかかる羽目《はめ》になっていた。

　乾隆帝の声がかりでもあることから、慶貝勒府《けいベイレふ》を挙《あ》げてマリーを応援しなくてはならない事態となっている。膳房の点心局の出勤簿から外されて、ひとりで重責に堪《た》えつつピエス・モンテ作りに励《はげ》まねばならない。

「私が作りたいのは、みんなで食べられるお菓子なのに。季節の材料を組み合わせて、食後のデザートや、お茶とかパーティで会話を弾《はず》ませたり、誰かのお祝いのガトーを焼いたり、そんなお菓子なのに」

　山盛りのスケッチ紙の上に突っ伏して、マリーは繰《く》り言をつぶやく。太監《たいかん》の黄丹《こうたん》が、湯気の立つ茶碗を、お盆に載せたままで卓の隅《すみ》に置いた。もしこぼしても紙を濡らさない配《はい》慮《りょ》だ。

「まあまあ、それでしたら、急いで作って早く終わらせてはどうですか」

　黄丹がのんびりと提案する。マリーは机から顔を上げて、黄丹に抗議する。

「皇帝陛下《へいか》のご意向なら、いい加減なものは作れません」

「まあそうですね」

　黄丹はあっさりと前言を撤回《てっかい》した。

　そこへ、両腕に冊子や巻物を抱え込んだ永璘が顔を出す。黄丹はすぐに台所へと下がった。

「うまくつくれそうか」

「わかりません。あの、アミヨー神父さまと、パンシ神父さまに相談してもいいですか」

「その必要があるのか」

永璘は不満そうだ。この試《こころ》みの難しさが、まだ理解できていないらしい。マリーは失望を隠して宣教師の協力が必要な理由を訴《うった》える。

「というのは、飴細工《あめざいく》に取りかかる前に、設計図や絵だけではなく、模型も作らないといけないと思うんです。杏花庵みたいな小さな田舎家《いなかや》ではないので、洋館の骨組みとかも必要になると思いますし」

「ふむ」

うなずきつつ、永璘は手に持った冊子と巻物をスケッチの山に積み上げる。

「西洋楼の図面と、建物の詳細だ。必要ならこれを使え。西洋楼を設計した宣教師はみな他界したはずだが、生き残っているのもそれなりの技術者だ。知恵を借りられるならばそうしてもいい」

「ありがとうございます」

マリーはうつろな瞳で礼を言った。永璘は袖の中から丸めた紙を引っ張り出し、マリーの目の前で軽く振った。

「これで元気を出せ」

自信たっぷりに言う永璘を胡乱《うろん》な目で見上げながら、マリーは丸められた紙を受け取った。最上級の朝鮮高麗画紙だ。何が描かれているのだろう。西洋楼の建物か、景色だろうか。

マリーはわくわくして広げてみる。

画紙に描かれていたのは、人物画であった。マリーは目を瞠《みは》り、それから片手で口元を押さえる。

「これ、あの——」

言葉にならない。片手を離したためにくるりと丸まった紙を、マリーはまた両手で広げ、そこに描かれた自分の肖像を見つめた。

写実的に描かれた絵だ。中華風に正面からではなく、遠くを見つめるモデルに斜《なな》めから光を当てて、目鼻立ちに陰影をつけた西洋の画風であった。東洋人にはない眉間から立ち上がる鼻梁《びりょう》、しかし白人ほどの高さはなく、ゆるやかな傾斜の眼窩《がんか》には脂肪の少ない二重のまぶた。長い睫《まつげ》に縁取《ふちど》られた目頭の開いた大きな目に、虹彩《こうさい》の緑がかった榛《はしばみ》色の瞳。

マリーが自分で思っているよりもふっくらした頰は薄桃色で、ミルク色の肌に散るそばかすは、欠点というよりはむしろそれが愛嬌《あいきょう》に見えるよう、優しげな薄茶で皮膚《ひふ》に溶けるように描かれていた。王冠巻きに結《ゆ》い上げた濃い褐色《かっしょく》の髪は、光の当たっている側は明るく、微風に揺れる後《おく》れ毛が、淡い麦の穂のように透《す》き通っている。眉は整えていない。東洋人にしては大きめの口の端は、自信に満ちたわずかな微笑を湛《たた》えている。ただ、光の当たらない側の肌に西洋画で見られるほどの濃い影は落とされていない。

東洋人とも西洋人ともつかない少女が、どこか遠くの一点を、ひたむきに見つめている様子には、被写体が胸に秘める強い意志が感じ取れる。

絵の中の自分が、じわりと滲《にじ》んで見えない。マリーは小さな声でつぶやく。

「Je ne —— image.」

「うん？　なんと言った」

感想を待ちわびる永璘に問い詰められ、マリーはコホンと小さな咳《せき》で喉《のど》を整える。

「私、こんなにきれいじゃないです」

「そうか、私は見たとおりに描いただけだ。似てないか」

「似てないです」

言いながらも鼻の奥が熱を持ち、涙声になってしまうのが止められない。丁寧《ていねい》に巻き戻した肖像画を、卵を抱くように胸に抱いて、マリーはぐすぐすと鼻をすすった。それでも我慢《がまん》できなくて、涙がぽろぽろとこぼれる。

「こういうの、ずるいです。こんなに細かいところまで、見ていたんですか」

そばかすの位置と数まで正確かもしれない。

「洋風に描くときは、すべて正しく写し取らねばならないのだろう？」

黄丹が合図の物音を立てたので、永璘は自分の茶を受け取りに台所へ出る。マリーはもう一度肖像画を広げて、自分の輪郭《りんかく》を指で辿《たど》り、また丁寧に巻き直す。

どこへしまえばいいのだろう。保存のために表装しておきたいが、清国の表装家には頼めない。いや、この絵は誰にも見せたくなかった。とりあえず手元の油紙に包んで、フランスから持ってきたトランクの隙間にしまい込む。

永璘が戻ってきたときには、マリーは顔を拭《ふ》いて、卓に積み上げられた仕事の山に向かっていた。

「やる気が出たか」

「出ました」

永璘がマリーの茶碗にも茶を注ぐ。

「そうか、まずは何を作るか決めるところからだな」

「海晏堂《かいあんどう》とその周りだけで、いいと思います。大きさも、せいぜいこのくらいで」

マリーは卓の大きさに両手を開いて提案した。

それから、描きためたスケッチ画をひとつひとつ吟味《ぎんみ》して、どんなピエス・モンテを作ろうかと相談が始まった。

マリーがこれまで作ったピエス・モンテは、目の前に実物のあった田舎風のコテージと、花樹だけだ。これから作る西洋宮殿のピエス・モンテは、建築様式の知識や細密な彫刻技術も要求される。マリーひとりでやり遂《と》げられるものではない。だけど、永璘が側にいて、見届けてくれる。マリーは自分の胸の高鳴りすら自覚せずに、まだ見ぬ海晏堂のピエス・モンテを脳裏《のうり》に描き出した。

マリーが膳房の勤務から外された。外国人が嫌いな上に、女の厨師を認めない点心局の王《おう》第二厨師はひどく機嫌が良かった。しかし、マリーの不在は一時的なことなので、徒弟が補充されるわけではない。ひとりで雑用をこなさなくてはならない李二《りに》の負担を思ったマリーは、朝の職場には顔を出した。

早点《そうてん》の準備と点心の下ごしらえで忙しい早朝から朝食後までは、これまで通りに膳房で働くマリーに、李二は表情を明るくしたが、王厨師はふんと鼻を鳴らす。

点心局局長の高厨師は、ぽっちりと肉のついた指で額の汗を拭《ぬぐ》いながらマリーを労《いたわ》った。

「それは助かるが、工芸菓子が仕上がらねば、王府の存続に関わる。無理して手伝うことはない」

「いいえ、一日中ひとりで閉じこもって考え込んだり、慣れない設計に頭を抱えていてもあまり捗《はかど》らないので、朝はちゃんと体を動かして働いた方がいいのではと思いまして」

朝の休憩《きゅうけい》時間に、さっそく砂糖細工《パスティヤージュ》で作った、ドアや窓の上部を飾る真っ白な化粧板《けしょうばん》やメダリヨンを並べて出した。

「こういうのを延々と作っていると、菓子職人なのか、パネル職人なのか、彫刻家なのか、わからなくなってしまうんですよ」

「ちゃんと砂糖菓子だな」

甘い花綱《はなづな》を浮き彫りにした化粧板を、口の中で蕩《とろ》かした李二が小さくつぶやく。

「ふうん。それなら、まあ朝だけでも来てくれるのは助かる。こっちの忙しい時間が過ぎたら、片付けや洗い物はいいから、老爺《ラオイエ》のお好きな洋菓子を午後の点心に加えられるよう作っておいてくれ。無理はするなよ」

高厨師は、左右も前後も風船のように肉付きがよく、しばしば中華の仏教だか道教だかの神様である布袋《ほてい》に例えられる。性格も厨師には珍しく温厚で、外国人のマリーにも偏見がない。もっともその寛容《かんよう》さは、慶貝勒《けいベイレ》府《ふ》の主である永璘の意を汲《く》んだものであったが、そうとわかっていても自身の偏見を乗り越えることのできない厨師が多いなかで、高厨師がマリーの上司となったことは幸運なことであった。

菓子職人の見習いと、神父たちの協力

マリーは次の休日に、北堂を訪れた。

ずいぶんと久しぶりに感じられる休日の朝、マリーは北堂のミサに参列した。

長く聴いていなかった気のするアミヨー神父のパイプオルガン演奏に心を洗われ、フランス語とラテン語、北京官話で話される福音《ふくいん》と神の言葉に浸《ひた》る。手に包み込むように持ったロザリオを繰りながら賛美歌を歌い、心身ともに浄《きよ》められていく至福に、感謝の祈りを

捧げた。

ミサが終わると、アミヨー神父がにこやかにマリーを迎えた。

「久しぶりだな。元気にしていたかね」

「はい。神父さまもお変わりないですか」

マリーは西洋風に片足を引いて膝を軽く曲げる挨拶《あいさつ》を返し、早起きして作ったマドレーヌの箱を手渡した。

「こちらはいつも通りだ。マリーの方は大変なことになっているようだね」

「お聞き及びですか」

マリーは目を丸くして訊き返す。まったくもって、人の口に戸は立てられない。

「我々は宮廷での勤《つと》めもそれなりにあるからね。西洋楼に関することは、太監から伝え聞いた。マリーがそのうち来ると思って、西洋楼に関する資料をそろえておいたよ」

アミヨー神父は、通りすがりの若い神父——といってもすでに五十代ではあったが——にマドレーヌを渡してから、マリーを書籍庫へと案内した。薄暗い書庫は、壁面だけでなく両面が棚《たな》になった書架が幾列も並び、どの棚も中華の文字で書かれた古今の書物が重ねられ、革の装幀《そうてい》を施した西洋の分厚い書籍が並んでいた。

アミヨー神父がマリーを導いた空間には、三台の閲覧卓《えつらんたく》が置かれ、そのうちのひとつに布帛《ふはく》の巻物と十冊あまりの冊子、そして黄ばんだ紙束が並べられている。

「アミヨー神父さまは、西洋楼をごらんになったことは？」

「私は専門が重ならなかったので、円明園では如意館《によいかん》より奥へ立ち入ったことはない」

　如意館とは円明園に収められる工芸品や装飾品、あるいは増改築に必要な技術を持った職人たちの作業場である。宣教師は如意館を拠点に、皇帝のための芸術活動や建築にかかわっていたという。

「だが、図面や絵は設計初期のものが残っているはずだ。マリーが西洋楼のピエス・モンテを命じられたと聞いたので探してみたらけっこうあった。中にはカスティリヨーネ助修士の下描きもあるかもしれない」

「ありがとうございます」

　マリーはさっそく、卓の前の椅子《いす》に腰掛けた。山と積まれた資料から、まずは黄ばんだスケッチの束を一枚一枚めくっていく。少しかび臭いものの、たちまち指の脂《あぶら》を吸い取られてしまう乾いた感触。乱雑に扱うと崩れてしまいそうでありながら、持ってみるとかなりしっかりしている。これも朝鮮高麗紙《ちょうせんこうらいし》なのだろうか。丁寧に扱おうとしてもガサガサと音を立ててしまう自分の粗忽《そこつ》さに、マリーは内心で恥《は》じ入った。

　まもなくパンシ神父も書庫へ来て、ふたりに声をかけた。マリーは絵の師であるパンシを立ち上がって迎え、西洋楼でスケッチし、杏花庵で色をつけた絵を見せた。

「なかなか上達したな。透視図法はほぼものにしたようだ。彫像の細かい点は、精進《しょうじん》する必要があるだろうが、建物のバランスは大変よろしい」

「ありがとうございます」

マリーは嬉しさに顔中に笑みを広げて礼を言った。

「パンシ神父は、西洋楼を見たことがあったな」

アミヨー神父の問いに、パンシはうなずき返す。

「ええ、美術品や内装の修復のために呼び出されることはあります。運び出せるものは太監が如意館まで持ってくるので、滅多《めった》に中には入れませんが。マリーはどう思ったかね」

パンシ神父はマリーに向き直って訊ねる。

「西洋楼ですか。庭がシノワ風でしたけど、建物はヨーロッパに帰ってきたような気持ちになりました。屋根さえ、見上げなければ」

マリーが口元を震わせつつ言い添えると、パンシも口の片隅で薄く微笑み返し、アミヨーに短く説明した。

「洋館の屋根を瑠璃瓦《るりがわら》で葺《ふ》いているのだよ」

「なるほど」

アミヨーは納得してうなずいた。

窓や柱の装飾画で、細密に描かれているものをいくつか選び、海晏堂《かいあんどう》の前後左右を描画したものを借り受けた。それから三人で応接室へ移動して、芳《かぐわ》しい紅茶とマリーが持参したマドレーヌを楽しむ。

「ピエス・モンテを作る前に、模型を作ってみたいんですけど、何を使ったらいいでしょう。木だと削《けず》ったりするのが大変なのですが、粘土《ねんど》だと重たそうで」

マリーの相談に、パンシは目の前にすでに模型が存在するような手つきをしながら助言をくれる。

「ピエス・モンテに必要なのは外観だけであるから、土台に粘土を使い、木材で骨組みを作り、全体には紙を張った上から石粉の粘土を貼り付け、微細な装飾は筆で書き込めばいいのではないか。十二支の噴水の模型は、マリーには難しいだろうから、次にマリーが来るまでに塑造《そぞう》を作っておこう。模型と実物との比率差はどのくらいにしたらよいかな」

「え」

マリーは設計図における縮尺について、概念からしてわかっていない。図面とは、紙の大きさに合わせて小さく描かれたものだと、なんとなく思っていたのだ。実物とピエス・モンテの比率差など、考えもしなかった。計算の仕方も知らない。全体を上から見下ろせるくらいの小さな洋館があればいいと、漠然と思っていた。

杏花庵のピエス・モンテにしても、実物が目の前にあったものを、「ここはこう」という感じで作っていったので、比率差はとても不正確であったろう。

「あの、このくらいの大きさの洋館に、建造物は近くの噴水ぐらいで、庭園の範囲はこのくらい」

ひたすら手を伸ばしたり広げたりして、ざっくりとした大きさを示す。

アミヨーとパンシは互いに目を見合わせ、ほとんど表情を変えずにひとつの合意に達した。

協力を申し出たのはパンシである。

「では、実物とマリーのイメージする大きさの模型との、高さと左右前後の比率を私たちが計算して、こちらで設計図を用意しよう。塑造づくりでは、我々の方に一日の長があるから、外観だけの模型を作るのも、マリーがひとりでやるよりも早くて正確なものが作れる。マリーは塑造ができあがるまで、実際にその目で見た様式や装飾の図案をより明確に描いたり、柱や窓の装飾部分といった、西洋特有のレリーフを菓子の材料で作り始めなさい」

「いいんですか」

神父らの厚意に驚くマリーに、アミヨーは慈悲《じひ》深い笑顔で鷹揚《おうよう》にうなずいた。

「我らには、ピエス・モンテのことはわからぬが、実際の建物も設計図と模型から始まるのだよ。そして設計や模型作りは、そのための職人がいるほど、熟練を要する仕事だ。そうした知識と技術は一朝一夕で身につくものではない。建物や植物など、飴《あめ》だけでは素材感を表現できない菓子を試す時間も必要だろう。噴水を作るのならば、噴き上げる水はもちろんのこと、海晏堂《かいあんどう》の場合は、アプローチ階段の手摺《てす》りを流れ落ちる水も表現しなくてはならない。だから、マリーはまず、全体像や比率のことは気にせず、パティシエールの本分である菓子作りを始めなさい」

「でも、お忙しくはありませんか」

教会の日課と行事のほかにも、アミヨーは言語学者としての務《つと》めがあり、自らの研究だけではなく、欧米から寄せられてくる大量の公文書の翻訳《ほんやく》を任されている。そしてパンシは、カスティリヨーネが皇帝の命によって創設した画院を引き継ぎ、後継の画家の指導にあたっており、さらに皇族や旗人《きじん》から依頼される絵画の制作に忙しい。

「マリー、ピエス・モンテを作るパティシエは、すでに一流の菓子職人なのだよ。その上で建築の理論と原理も学び、作りたいと思う建築物や庭園の研究を重ね、試行錯誤を繰り返す。そうしてようやく誰もがあっと驚くような作品を作り上げているのだ。そして、かれらは著名な建築士と交際して助言を得てもいるであろうし、かつ仕事を手伝い、資料の整理もできる徒弟を多く抱えているはずだ。つまり、皇家庭園の工芸菓子作りは、マリーがひとりで抱え込めるような事業《プロジェ》ではない」

　パンシも厳《おごそ》かな表情を湛え、横でうなずいている。

　マリーが北京でもっとも尊敬する人物が、半人前のマリーには荷の勝ちすぎたプロジェクトなので、おとなしく人の助けを借りなさいと口をそろえて諭《さと》しているのだ。

「あ、ありがとうございます」

　ぐうの音《ね》も出ないマリーは、言葉を詰まらせてふたりの神父に礼を言った。

　マリーは漠然と、規模の大きなピエス・モンテには、実物をそのまま小さくしたモデルがあった方がいいと思っていた。フランスでの徒弟時代にそう教えられたのか、あるいはどこかでそういった作業を見たのか、よくは覚えていない。あるいは、花樹の飴菓子を作っていたときに、すぐに萎《しお》れたり、散ってしまう生花よりは、造花を見ながら作業したほうが楽だったからかもしれない。

とにかく、両手を広げたほどの大きさでも、宮殿とそれを囲む庭園を作るのは、大変な作業だ。マリーの知識と経験ではきっと不可能だったことだろう。時間を無駄にしたかもしれないだけではなく、乾隆帝の失望を買い、慶貝勒府《けいベイレふ》に恥を塗《ぬ》った可能性もある。

永璘がマリーのスケッチよりも、はるかに精密で正確な、前後左右から見た海晏堂の絵を描いてくれたが、平面に本物そっくりの全容を写し取ることはできても、立体を作るとなると、適切な助言はできない。むしろ試作の途中であれこれ口を出しては、材料を無駄にしてしまうありさまだ。

まったく知らない建築部門について学ぶ必要もなく、お菓子作りに専念できることに、マリーは心を躍《おど》らせた。軽い足取りで教堂を出ると、いつもは門のところでマリーを待っている侍衛の何雨林《かうりん》が、教堂の扉の前まで轎《かご》を寄せていた。

「ここまで入ってきていいんですか」

清国人でも、満洲族は特に厳しくキリスト教に近づくことを禁じられている。マリーは何雨林の大胆さに驚いた。

「なるべく、趙小姐《ちょうシャオジエ》を人目にさらさぬように、との老爺《ラオイエ》のご命令です」

マリーは思わず天を仰いだ。十字を切りそうになってぎりぎり思いとどまる。来るときも、同じことを言われて苦手な轎に押し込まれ、北堂へ揺られて来る羽目になった。

「さすがに親王さま方は、教堂までおしかけてこないと思いますけど」

「鉄帽子王たちだけではありません。いまや慶貝勒府と趙小姐は内城では注目されていますので、すれ違いざまにでも趙小姐と気づかれれば、要らぬ騒ぎを招くことになります」

確かに、ほんの近所と思って近くの胡同《フートン》へスパイスを買いに出ただけで、このごろはあまり聞かなくなっていた「洋人《ヤンレン》」というささやきが、また耳に入るようになっていた。たった四音節の言葉が、そしてそれがマリーのことを指している証拠など何もないのに、マリーの胸にずんと重たい錘《おもり》を押し込める。

マリーは雨林に逆《さか》らわず、轎に乗り込んだ。

教堂から慶《けい》貝勒《ベイレ》府《ふ》に戻ったマリーは、轎に酔ったために満足に昼食もとれず、午後は杏花庵ではなく下女部屋に戻った。靴《くつ》を脱《ぬ》ぎ捨てて炕《かん》に上がり、布団を広げて横になる。

休みの日は、実は休みではなく洗濯《せんたく》をしたり風呂に入る日である。だからいきなり昼寝などしている暇はないのだが、マリーは肉体的にも精神的にも布団に潜《もぐ》り込みたい気分だったのだ。

気分が下向きなときにはお菓子を作るに限る。体がつらくて台所に立てないときは、一眠りするのが一番だ。マリーのシンプルな健康法であった。

マリーの目を覚まさせたのは、申《さる》の正刻（午後四時）の鐘《かね》だった。ちょうど夕食時である。

同室の下女たちは、まだ誰も夕刻の膳を運んでいなかったので、マリーは賄《まかな》い厨房へと夕食を取りに行った。そこで、ちょうど小蓮《しょうれん》が提盒《おかもち》に料理を入れているのを見つける。

「手伝うよ」

「具合が悪いんじゃないの？　起きて大丈夫？」

いつも元気なマリーが昼間から寝込んでいると、なにか大変な病気ではないかと思われてしまう。マリーは笑って病気ではないと言いつくろった。

「轎《かご》に酔って気分が悪くなっただけ。馬車は平気なんだけど、轎は苦手なの。なかなか気分の悪いのが治らないから横になってたけど、もう大丈夫」

「そっか。もてる女は大変よね」

親王たちがマリーを争っている騒動は、慶貝勒府《けいベイレふ》でも噂の種になっているようだ。しかし小蓮の口調には、やっかみや嫉みは感じられない。

「女としてもてているわけじゃないからねぇ」

マリーは嘆息混じりに応える。小蓮がくすくすと笑い出したのは、マリーが鉄帽子王たちにつきまとわれている理由を十分に察しているからだろう。

「うちの王府が一番だよね」

小蓮は口を利《き》いたこともない主《あるじ》の永璘に、ぞっこんなのだ。倍の給金でよその王府に誘われても、慶貝勒府を去りたいとは思わないだろう。マリーも同感だ。他の王府は知らないが、慶貝勒府より居心地の良い環境は考えられない。外国人で女というだけで嫌悪《けんお》感《かん》をあらわにする他の清国人と違い、点心局の上司の高厨師と徒弟仲間は、マリーを徒弟として認めてくれている。

永璘の嫡福晋《ちゃくふくしん》、つまり正妃であり王府の女主人鈕祜祿《ニオフル》氏は、革命で荒れるフランスから永璘を脱出させたマリーに対して、恩を深く感じている。そのことからマリーに好意的であり、他者がどう言おうと、清国の常識とは沿わない永璘とマリーの関係に口をだすことはしない。

もっとも、もしも永璘とマリーが男女の関係だったとしても、鈕祜祿氏はさほど嫉妬《しっと》しないのではないかと思われる。中華はその歴史の始まりから、何千年も一夫多妻制が続いていて、誰も疑問を持ったことがないらしい。むしろ複数の妻妾《さいしょう》のいる富裕な家に、第三、第四の奥さまとして入ることを望む女性は少なくない。

そういうわけで、上流階級の女性たちは、夫の家で複数の妻女が生活を共にすることに、疑問を抱いていなかった。ただ、妃や妻妾の序列は厳しく定められている。永璘の三人の妃では、嫡福晋の鈕祜祿《ニオフル》氏、側福晋の劉佳《リユウギヤ》氏、庶福晋の張佳《ヂヤンギヤ》氏の服装や装飾品、割り当てられた費用などに、細かな差と決まりがあるらしい。

永璘に何人の側室が増えようと、名門より嫁《とつ》いできた鈕祜祿氏の、嫡福晋としての立場と権威はびくともせず、マリーが使用人長屋から殿舎のどこかに部屋を賜ることになったとしても、それは永璘ではなく、すべて鈕祜祿氏の判断と裁量によるものだ。

しかし、マリーは永璘の『お部屋さま』に収まる気はさらさらなかった。

「まあでも、洋菓子が好評なのは悪くないと思うことにしたの。洋菓子が北京の偉い人たちの口に合った、ってことじゃない？　いつか自分の甜心茶房《てんしんさぼう》を持ったときに、お客さんに困ることはないわけでしょ」

　マリーの前向きな解釈に、小蓮は感心して笑い出した。

「そうなの？　瑪麗《マリー》はずっとこの慶貝勒《けいベイレ》府《ふ》で、老爺《ラオイエ》のために洋風甜心を作ってあげるんだと思っていた」

「可能な限りは、そうしたいとは思うけど――」

　マリーは四人分の料理を大皿に盛り付けながら口ごもる。

「この先どうなるかわからないからね。嘉《か》親王さまは、私をフランスに追い返したがっておいでだし、皇帝陛下に献上する工芸菓子の出来によっては、本当にフランスに送り返されるかもしれない」

「いろいろと大変ね」

　マリーの先の見えない未来に、小蓮はいくぶん同情的だ。

　ふたりのおしゃべりを聞きつけて、賄い厨房の孫燕児《そんえんじ》と李三《りさん》がマリーの顔を見にきた。

「よう。元気そうだな。寝込んでるって聞いたけど、もういいのか」

大変な仕事を抱え込んだマリーに、燕児が気を配ってくれているのが伝わってくる。

「ありがとう。轎《かご》酔いで少し横になってただけ。建築物の工芸菓子を作るのに、教堂の神父さまに助言をいただきに行ってきた」

「へえ。耶蘇《やそ》教の宣教師の？　やっぱり西洋人なのか」

　李三は不思議そうな顔をして訊ねる。マリーはくすりと笑った。

「他にいないでしょ。あ、でも清国人の神父さまもひとりいる」

「宣教師と瑪麗《マリー》は、何語で話をするんだ？」と李三。

「そりゃ、フランス語。北堂の宣教師さまは、ほぼフランス人だし」

「じゃ、牛乳や奶油《ナイヨウ》をもらいに行く南堂は法国《フランス》人の教堂じゃないのか。そしたら、南堂では北京語で話すってこと？」

慶《けい》貝勒《ベイレ》府《ふ》からは、南堂の方が近い。洋菓子作りに不可欠な牛乳や奶油《クリーム》などの乳製品は、朝早く南堂の牛舎へ購入に行く。清国の大半を占める漢族は乳製品を常食する習慣がなく、牧畜をも営《いとな》んでいた満洲族は、牛羊の授乳季節に搾乳《さくにゅう》して乳製品を産するものの、離乳時期になると供給が止まってしまう。一年中搾乳しているのは、乳牛を飼っている西洋人しかいない。そして、搾《しぼ》った乳をよそへ分ける余裕があるのは、教堂の牛舎くらいなものであった。

「南堂はポルトガル人の神父さまが多いけど、話すときはフランス語。フランス語はヨーロッパの公用語だもの。絵の先生のパンシ神父さまはイタリア人だけど、フランス語はとても流暢《りゅうちょう》に話されるよ」

マリーは心持ち胸を張って答えた。李三はますます不思議そうな顔で訊ねた。

「なんで北京語で話さないんだ？　ここは清国の北京だろ」

マリーは答えに詰まって、うーんと考え込んでしまった。李三の頭をポンと叩いて、燕児が助け船を出してくれた。

「漢席の厨師が、俺たちがいないところでは江南《こうなん》の漢語でしゃべるのと同じだろ」

「俺たちがいても南京《ナンキン》語で話してるけどな」

李三の疑問は、不満と紙一重《かみひとえ》のものだとマリーは察した。

「知らない言葉が聞こえるの、不快に感じる？」

「だって、何を言っているかわからないじゃないか」

李三は「ここは北京だぞ」と口を尖《とが》らせて答えた。燕児も李三に気持ちは同じらしい。

マリーは自分の考えを整理して話してみることにした。

「でもさ、生まれたときから聴いてきて、親に教えられて、小さいときからずっと話してきた言葉だよ。考えなくても聞くだけで理解できて、考えるのと同じ速さで話せる母語を、知らない土地だから絶対に使うな、あとから覚えたその土地の言葉だけを話せ、って強制されたら、李三はどう思う？　そんなときに、自分と同じ母語を話すひとがいたら、故郷の言葉で話すのはいけないこと？」

「なったことないから、わからない」

李三が口を尖らせたまま答えると、小蓮《ちん》が口を挟んだ。

「じゃあ、李三さんも南京語を覚えて、陳厨師と話してみたらどう？　そしたら瑪麗《マリー》の気持ちがわかるんじゃない？」

陳大河《たいが》がたいへんな美男子であることから、大河に熱を上げている女中や下女の間で南京語の学習が流行《はや》っていることは、マリーも知っている。ちょっとした単語を南方風に発音するだけで、漢席の厨師が喜んで点心を分けてくれたりするらしい。

そのために満漢の厨師の間で、対立や面倒ごとが起きなければいいのだけれど、と内心で祈りながらも、知らない言語を学び、使いこなすことがいかに難しいかを小蓮が弁護してくれたのは、マリーとしては嬉しかった。

燕児が「夕食が冷めちまうぞ」とマリーと小蓮の提盒《おかもち》を指して言う。

「あ、そうだった。お腹空いちゃった。じゃあ、またあとで」

マリーと小蓮は提盒を持って、小杏《しょうあん》と小葵《しょうき》の待つ下女部屋へと急いだ。

「さっきは、ありがとね」

マリーが礼を言うと、小蓮がにっと笑った。

「まあね。マリーの気持ち、ちょっとわかる。うちの母方の祖父母はずっと塞外《さいがい》にいたから、韃靼《だったん》語しか話さないのよ。私は韃靼語はよくわからないから、祖父母が北京に来たときに通訳をさせられるの、嫌だった」

塞外とは砦《とりで》の外側という意味だけではなく、万里《ばんり》の長城の向こう、中華世界の外側を指して言う。

「いまは？　どっちもわかる？」

「聞き取るなら、少しだけね」

「でも円明園では、老爺《ラオイエ》と親王さまたち、漢語で話してたよ。全員が満洲族なのに」

「漢語といっても、私たちが話している北京官話は、韃靼語もかなり入ってるの。だから、覚えるのが難しいって、大河さんは言ってた」

言語が混ざり合う、なんてことがあるのかと、マリーは不思議に思った。ヨーロッパなんて、どの言語も水と油みたいに干渉《かんしょう》することなく続いている。ポルトガル語とスペイン語なんて、よく似ているけど全然違うのに。

北京でいろんな果物《くだもの》を盛り付けて焼き上げる、ミックスフルーツタルトみたいだとマリーは思った。さくさくパイにカスタードのベッドを敷《し》いて、バランスよく並べた甘酸っぱいチェリーに、四つ切りにした酸味のあるアプリコット、スライスしたとろんとした甘さの洋梨を並べ、軽くスパイスを振って蜜《みつ》をかけ、あっさりと焼き上げる。材料はいろいろだけど、口に入れたら味は喧嘩することなくひとつに調和する。

慶貝勒府《けいベイレふ》がそうなりますように、と祈るマリーは、夏果の無花果《いちじく》の蜜漬けがそろそろ食べ頃なのを思い出した。蜜漬けの果物のタルトは、ピエス・モンテには不向きだろうか。

アミヨーとパンシの協力を伝えられた永璘は、勝手なことをと怒りだした。禁教であるキリスト教の宣教師と皇族が、交際関係にあると朝廷に見做《みな》されるのは、王府のためにならないからだ。

しかし、パティシエとしての経験も、建築の知識もないマリーが、いきなり自力で西洋庭園のピエス・モンテを作ることの無謀《むぼう》さを説《と》かれたと話したところ、それもそうだと思ったらしい。

「信仰とは関係なく、郎世寧《ろうせいねい》や潘廷璋《はんていしょう》は皇族や臣下の肖像画や絵画の依頼があれば、引き受けてきたわけだからな。当家が画院に美術品の制作を発注することは別に問題はなかろう。皇上の許可を得て、正式な依頼書を作らせる」

禁足地である円明園内部の模型を、こっそり作らせたことが事後に露見《ろけん》するよりは、すべてを公式の記録に残しておけば問題にはなるまいと、永璘はすぐに手を打った。

あとで黄丹に聞いたところ、永璘は自分の書斎の東耳房《とうじぼう》で、紙と竹を使って洋館の模型を作ろうとして、成し得なかったらしい。造形の難しさを身を以て知ってくれたようだ。

「灯籠《とうろう》作りのようなものと、お思いになったようで」

午後の杏花庵で、黄丹は眉を八の字にして東耳房での一幕を話してくれた。

団茶を砕《くだ》いては挽《ひ》く黄丹の横で、マリーは飴を引き伸ばして白いローマ式の支柱を作り、柱頭の飾りとなる螺旋《らせん》の試作を繰り返す。挽かれる茶の香りと、飴の甘い匂いが杏花庵に漂った。黄丹は顔を上げて、天井《てんじょう》を示す仕草をした。

「元宵節《げんしょうせつ》には、紙や絹布でいろんな色や形の灯籠を作って飾りますでしょう？」

確かに、去年の元宵節で目にした提灯《ちょうちん》は、球形や円筒、立方形から多角形ばかりではなく、草花を象《かたど》ったものに動物や人形、仏塔らしきものまで、凝《こ》った灯籠が各家の軒先から、通りの店の軒下まで無数に下がっていた。あまりに灯籠を大量に飾るので、灯籠節とも言い習わすほどだ。

「昨日、黄丹さんが焚《た》き付け用に持ってきた紙と竹の塊《かたまり》が、老爺《ラオイエ》の失敗作ですか」

「はい」

ゴミだと思い、気にかけず燃やしてしまったので、見そびれてしまった。いったいどんな洋館灯籠であったのだろう。

「あの元宵節の灯籠って、みんな自分で作るんですか」

「大量に要《い》りますから、灯籠屋から買うのはもちろんですが、簡単な物なら親や兄弟といっしょに手作りするのも、珍《めずら》しくはないです」

「ふうん。どうしてあんなにたくさんの灯籠を飾るの？　よく火事にならないなぁと思う」

黄丹は喉の奥から音を漏らすような笑い声を上げた。

「まさに、火事が起きているように見せかけるためですよ。昔々、人間に腹を立てた玉皇《ぎょくこう》大帝が、地上を焼き滅ぼそうとするのを止めるために、灯籠や松明《たいまつ》をたくさん点《とも》して、すでに地は焼き払われたように見せかけたのが、灯籠節の始まりとか。ま、諸説いろいろありますけども」

玉皇大帝とは、漢族の信じる古代宗教の主神であるらしい。だが、宗教上の信仰の対象というよりはギリシアやローマ神話のゼウスやユピテルのような、伝説の存在のようだ。

「そっか。火で滅ぼされるところなら、そういう逃れ方もあったのかな。聖書の創世記では洪水だったから、ノアの家族と方舟に乗れた動物以外は、みんな溺《おぼ》れ死んでしまったけど」

「西洋にも、人間が天の怒りを買って滅ぼされてしまう伝説があるのですか」

「世界のどこでも、人間は神様を怒らせているみたいね」

そのようなたわいのない会話をしながら、スケッチを頼りに洋館の窓や壁面のレリーフに向いた菓子をいくつか試作して、石や木材に質感の近い材料を探ってゆく。そして本物と近いイメージができあがれば、予定のサイズまで下げていく。アーチひとつとっても、同じ形状の物を何度も作らなければ、それらしく見えるものはできあがらない。

こうした作業と試行錯誤だけで何日もかかってしまうので、館の縮小模型をアミヨーとパンシに任せることができたのは、あとから思えばまことに幸運でありがたいことであった。

菓子職人の見習いと、ショコラ作り

さらに、マリーはピエス・モンテの練習や試作だけに集中していれば良いわけではなかった。ピエス・モンテが完成したあかつきには、清国の皇帝に謁見《えっけん》することになるのだ。緊張や恐怖で一挙一動たりとも誤《あやま》りがあってはならないと、五日おきに和孝《わこう》公主による行儀作法のレッスンにも通わなくてはならなかった。

マリーは外国人の平民であり、かつ臣下の使用人であるから、和孝や鈕祜祿氏《ニオフル》が参内《さんだい》して乾隆帝《けんりゅうてい》に対するのとは、拝礼の仕方も異なる。だが、皇帝を前に拝礼するということは、清国の皇族と政治を担《にな》う高官たちの前に立って、至尊《しそん》の存在とやりとりをすることである。それこそ、マリーの立ち居振る舞いが、慶貝勒《けいベイレ》府《ふ》の将来を決定づけるのだと言われれば、歩き方ひとつとっても、小指の先まで正しく動かさなくてはならないのだ。

「ヨーロッパでも、貴婦人は本を三冊は頭の上に載せて歩くことで、背筋の伸びた美しい歩き姿を習得するものですが」

マリーは泣き言を言う。

「頭に載せた碗に、水を満たしてこぼさずに歩くなんて、誰が考え出したんですか」

和孝公主はマリーの意見にいたく興を覚えたらしく、けらけらと笑い飛ばした。

「それは、西と東のどちらが、より文明化されているのかという指標になるのかしら。人間の立ち居振る舞いの美しさが、文明の証《あかし》であるとすれば」

慶貝勒府の体面だけではなく、フランスの代表までさせられてしまったのではと、マリーはますます萎縮《いしゅく》してしまいそうだ。半分は、清国の血が流れているというのに。

和孝公主は休憩にしましょうと言って、侍女に茶菓を用意するように命じた。

「それで、お菓子の洋館作りは進んでいるの？」

「素材、つまり建材になるお菓子選びはだいたい終わりました。屋根や壁の質感に近い見た目のお菓子で、部屋に飾っておくのにどのくらい日持ちするものなのかも、実験してみないとわかりませんので、その辺も時間がかかりました」

「土台から飾りまで、すべてを食べられるお菓子で作らないといけないのね。大変」

和孝公主は感心と同情を半々といった口調で、薔薇《ばら》の芳香を立ち上らせる茶碗を、マリーに勧《すす》めた。

「これは？」

「マリーは、玫瑰茶《まいかい》は初めて？」

玫瑰とは薔薇の一種だ。飴色に染まった茶湯にはかすかな渋みと、後味にはほんのりとした甘みがある。

「いいえ、薔薇水はヨーロッパでも菓子作りに使われます。エッセンスをお茶に垂らしたりもします。ただ、こちらのはふわりとした柔らかい香りですね。ヨーロッパで蒸留や精製に使われている薔薇とは、品種が違うのかしらと思いまして」

「品種のことはわからないけど、蒸留も精製もしていない、玫瑰そのものの香りだからではないかしら」

和孝公主の手招きで、侍女が青磁の小壺を取り上げ、蓋《ふた》をとって中を見せた。濃厚な薔薇の匂いが立ち上る。濃いピンク色の、乾燥させた薔薇の蕾《つぼみ》がぎっしりと詰まっていた。

マリーは驚きの声を上げた。

「薔薇の蕾そのものですか」

「香りの良いお茶を飲むと、体臭も芳しくなるそうよ。そういう習慣は、法国《フランス》にはないの？」

香水を振ったり、匂い袋を口に入れる習慣はあるが、お茶で体臭を変えるというのは知らないし、たぶんないのではとマリーは思った。そういえば体臭が芳《かぐわ》しい謎の貴婦人の話を、つい最近聞いたような気がするが、どこでだったろう。

ふたたび湯を注いだ茶壺の蓋も開けて中を見せてもらうと、湯の中で開いた玫瑰の花びらと、赤い大棗《タイソウ》の実が湯の中を漂っている。

「砂糖や蜜を入れて甘みを増すのを好むひとも多いけど、侍医から砂糖は摂《と》らないように指示されているので、甘い果物や干果《かんか》と合わせて飲んでいるの」

「砂糖を禁じられているのですか」

卓の茶菓子を見れば、マリーが和孝公主のために作ってきたフロランタンもガトーショコラも置かれていない。失望を隠しきれないマリーに、和孝公主はすまなそうに、そして同時に恥ずかしそうに告白した。

「話すのが遅れて、ごめんなさいね。わたくし、妊娠したみたいなの」

「それは！　おめでとうございます」

マリーは勢いよく椅子から立ち上がって、祝いの言葉を述べる。和孝公主は「ありがとう」と頬を染めて嬉しそうに応えた。

「マリーの作ってくれたお菓子は、夫や家の者が食べるから無駄にはしないわ。安心して。むしろ夫が自分の食べる分が増えたって、喜ぶのではないかしら」

しかし、出産まで和孝のために洋菓子を作れないのは、マリーにとってはとても残念なことだ。それに公主府は、洋館作りのために、大量に作る試作のヌガーや飴菓子、ビスキュイの行き場でもあった。

「清国では、妊婦は砂糖を食べてはならないのですか」

そんな禁忌《きんき》は聞いたことがないと、マリーは懐疑的な口調で訊ねる。

「必ずしもそうではないのだけど、妊娠中は血が滞《とどこお》りやすいし、初めての妊娠なので、侍医も神経を尖らせているのよ。わたくしや胎児《たいじ》に何かあったら、侍医が責任を取らされるからね。その侍医も、皇上が遣わしてくださってるの」

乾隆帝は末公主の懐妊《かいにん》をことのほか喜んでいるらしい。

茶の用意をする侍女が一歩進み、和孝公主の目配せを受けてマリーに事情を話す。

「公主さまがお口になさるものは、材料から調味料まで、公主さまと御子さまのお体に障《さわ》るものがないか、すべて侍医が検分しています。先ほども、お持ちになったお菓子が巴旦《はたん》杏《きょう》の堅果《けんか》を使っていること、カカオが異国由来の種子であることから、公主さまのお食事から外すように指示がありました」

「そんな」

アーモンドもカカオも、むしろ健康に良いものだ。それが清国の決まりだといっても、理不尽《りふじん》に感じてしまうのはどうしようもない。そんなマリーの気持ちを汲み取ってか、和孝公主は侍医の考えをより詳しく説明した。

「巴旦杏とカカオは、我が国には新しく、五性と五味のいずれに分けていいものか、侍医にもわからないから、仕方がないの」

食材の五性と五味については、マリーも上司の高厨師に概念は教えられている。中華には『食養生《しょくようじょう》』という思想があって、季節や風土、そして個々の体質に合った食事は病の予防となり、そして病を得たときも、食事によって治療が可能であると信じられているという。ひとつの料理でも、食材の性と味が調和するよう心がけるのも、厨師の基礎的な素養であった。

「あ、じゃあ、砂糖と西洋由来の材料を使わないお菓子をお作りすれば、公主さまにも召し上がっていただけますね」

どうしても、和孝公主にはおいしいお菓子を楽しんで欲しいマリーに、和孝と侍女は顔を見合わせて楽しげに笑った。

「マリーは工芸菓子作りで忙しいのでしょう？　食養生や薬食は片手間に学べるものではないわ。医師のなかでも、薬や手術によらず病を防ぐ食医が最も権威が高いのは、ちゃんと理由があるの」

年下の公主に諭《さと》されてしまうマリーだ。そこへ、先ほど侍医の指示を伝えた侍女が、ふたたび口を挟む。この侍女はすっかり顔見知りとなって、挨拶も交《か》わすようになっていた。

「侍医から甜心《てんしん》に使っていい材料を聞き出して、その範囲内で作っていただくのは、問題ないのではありませんか」

この侍女はマリーの西洋菓子を楽しみにしているので、食べられなくなるのが惜しいのかもしれない。

「そうね。マリーの退出の時間までに、侍医に『食宜《しょくぎ》・食禁』の目録を作らせておいて」

侍女は公主の言葉を侍医に伝えるために、するりと居間を出て行った。

「夫と気持ちが通じ合えたのは、マリーの教えてくれたガトー・オ・ショコラのお蔭《かげ》だもの。カカオのお菓子が食べられないのはとても残念」

「カカオはもともとは滋養強壮の薬として扱われていて、王の飲み物とされていましたから、侍医さんには効能があることを認めてもらえるとは思うのですが、そのものはとても苦いので、砂糖をたくさん使うのが難点ですね」

「侍医にはそのように伝えて、カカオ豆の効能を調べるよう命じておきましょう。マリーに教えてもらってから、ショコラを飲むととても気持ちが落ち着いてよく眠れたので、妊娠前はよく飲んでいたの。急に禁止されるのはとても残念ですもの」

「カカオの効能を認めてもらえたら、蜂蜜で甘くしたり、麦糖で味を調《ととの》えることもできると思います」

そこで、ピエス・モンテにもカカオ粉が必要かもと思ったマリーは、公主府を出入りする英国商人に、いつもより多めのカカオを発注してもらった。

マリーは定期的に鈕祜祿《ニオフル》氏の廂房《わきのや》に上がって、進捗《しんちょく》を報告しなくてはならない。なぜ永璘の正房《おもや》ではないのかというと、王府内の家政は鈕祜祿氏の管轄《かんかつ》なので、彼女の体面を尊重してのことだ。もっとも、マリーが男の厨師であれば、正房へ上がっても問題視はされなかったであろう。このあたりが、王府、あるいは清国における、マリーの扱いの難しさを表している。

鈕祜祿氏《ニオフル》は楽しげに微笑んでマリーを迎えた。

「北堂から、海晏堂《かいあんどう》の模型が届きましたよ。梱包《こんぽう》は解かせずに、そのまま杏花庵《きょうかあん》に運ばせておきました」

マリーは型どおりの拝礼の言葉に続いて、礼を述《の》べる。

「そろそろ、西洋菓子の宮殿作りに取りかからないと、春節には間に合わないのではと、心配していましたが。できそうですか」

「老爺《ラオイエ》は、春節は皇宮も行事が多いので、元宵節まで時間をかけてよいとおっしゃっていました」

「ああ、それはそうよね」

鈕祜祿氏は、唐草《からくさ》の刺繡で縁取りをした手巾《ハンカチ》を袖から引き出し、頰に添えておおらかにうなずいた。

「北堂に支払う謝礼は、執事に言付けておきました。工芸菓子に必要な材料や器具は、遠慮する必要はありませんから、いつでも好きなだけ発注なさいね。助手に雇い入れた飴職人は、ちゃんと仕事をしていますか」

「ええ、今度の細工師は、最初は私が半分西洋人で若い娘であることに驚いてましたが、皇帝陛下のお声がかりで菓子の洋館を作ると知ってからは、とても熱心に協力してくれます」

マリーが工芸菓子を乾隆帝に献上することが本決まりとなったときに、鈕祜祿《ニオフル》氏は今日と同じように、必要な物があればなんでも取り寄せるように言ってくれた。その厚意に甘えたマリーは、飴細工の職人に手伝ってもらえたら、とても助かるだろうと伝えた。

穎妃《えいひ》のためのピエス・モンテを作って以来、マリーは飴細工の修練は続けていなかった。絵を学び始めたり、袁枚《えんばい》の接待に時間を取られたりと、とても忙しかったこともある。それに、まだ見習いのマリーには、飴細工よりも他に学ぶことがたくさんあったのだ。

そしてお菓子の杏花庵と、その狭い庭園を彩《いろど》る花樹との比率は、まったくでたらめだった。できる限り小さく作った花も葉も、杏花庵の大きさに比べると現実離れして大きかったのだ。

パンシに現実の建物とピエス・モンテの比率差を問われてから、マリーはいっそう、自分の試作する庭園の植物が、海晏堂《かいあんどう》に比べて現実離れしているように思えてしまう。

お伽噺《とぎばなし》にでてくるようなお菓子の庭ならともかく、献上する相手は世界で最も強大な国の皇帝であり、彼が造らせた海晏堂は、杏花庵よりももっと大きな建物で、西洋楼は宏大な庭園なのだ。模すべき彫刻や植物の細工は、いっそう精密であるべきと悩み、取り組むうちに、比率を正しくすれば仕上がる部品はとても小さくなる。そうしたきめ細やかな飴細工を作るには、長い時間をかけた修練が必要であると、マリーは自分の能力の限界を感じていた。

工芸菓子に用いる飴細工に関しては、洋の東西を問わず発達している。飴は温めることで自在に伸ばしては任意の造形が可能だから、砂糖がふんだんにある国なら、祭や市場では自分の屋台を持つ飴細工師が、花でも犬でもその場で客の要望に応えて飴を練り上げ、大道芸のように巧《たく》みな技を見せてくれる。

鈕祜祿《ニオフル》氏は飴細工師が協力的であると聞いて、ほっと胸をなで下ろした。

「ああ、良かった。三人目でいい飴職人が見つかったのは、本当に運のいいこと」

鈕祜祿氏にとって、外部の清国人をマリーと働かせることで一番悩ましいことは、若い娘や外国人が、職人仕事をしていることへの偏見だ。どんなに腕のいい職人でも、点心局の王厨師のように嫌悪感を丸出しにして、端からマリーを馬鹿にして相手にせず、何ヶ月経《た》っても徒弟として認めない人間の方が多いのだから。

まして、職人としての技を買われて王府に雇われたはずが、自分は脇役に過ぎず、主導権を握っているのが外国人の小娘と知れば、なかなか引き受け手は現れず、現れても長続きしなかった。

飴細工に関しては、マリーよりも経験を積んだ職人は、びっくりするような超微細な細工までも、マリーと黄丹の目の前ですいすいとやり遂げた。掌《てのひら》に載るような松の古木や、鮮やかな紅葉《もみじ》の木、楡《にれ》の木に樫《かし》の木と、自在に作り分ける。

「すごいのね」

杏花庵の周囲の花樹しか作ったことのないマリーは、ただただ感動するばかりだ。客の要望に応えて、題材になる対象を細かく観察し、いろんなものをたくさん作ってきたからこそ、できることだろう。

鈕祜祿《ニオフル》氏が気前よくマリーを励まし、金に糸目をつけずにピエス・モンテに投資するのには、もちろん理由がある。成功すれば、乾隆帝の賞賛を得て王府の格が上がるだけではない。もしも皇帝を満足させられなかったら、王府の体面が深く傷つけられるのだ。失敗は許されない。

年の暮れも近づき、元宵節までのピエス・モンテ作りの段階的な予定を報告してから、マリーは和孝公主の懐妊についても話した。鈕祜祿氏と永璘はとっくに知っていたことだが、マリーがピエス・モンテに集中できるよう、知らせていなかったらしい。

「公主さまが、瑪麗《マリー》にはご自分で知らせたい、ともおっしゃっていたので、黙っていたのですよ。ごめんなさいね」

「いえ。ところで、清国にはとても厳しい食養生という考えがあるそうですけど、皇帝陛下に差し上げる工芸菓子にも制約があるのでしょうか」

鈕祜祿氏は小鳥のように首をかしげて考えを巡らせた。頭に載せた大きな髪飾り、大拉翅《だいろうし》の片方の端に垂れ下がる流蘇《りゅうそ》の房が、鈕祜祿氏の頭の動きにつれてゆらゆらと揺れる。

「和孝公主さまは、初めてのご出産になるのですから、皇上もご心配でおいでしょうし、婚家のほうもそれはそれは気を遣うのですよ。食養生は、ふだんはそれほど気にする必要はありません。五味や五性の組み合わせは、主婦や料理人はほぼ習慣のようにこなしていますけども、それを破ったからといって、必ずしも直《ただ》ちに病を患《わずら》ったり、体調を崩すものでもありませんし。でも――」

鈕祜祿《ニオフル》氏は不意に頬を染め、視線をずらして小さな咳をした。

マリーは思わず腰を浮かして訊ねた。

「お風邪《かぜ》ですか」

「いえ、その。和孝公主さまは、カカオのお菓子が、子を授かるのに効果があったとおっしゃったのですか」

鈕祜祿氏はいっそう声を低くし、マリーの顔から目を逸《そ》らしながら訊ねた。

長男を赤ん坊のうちに亡くしてしまってから、鈕祜祿氏はまだ二人目を懐妊していない。永璘が成人し、結婚してからすでに十年が過ぎたのに、慶貝勒府《けいベイレふ》には四歳になる女児がひとりいるだけである。これは清国人としては、そして一の妃である鈕祜祿氏にとっては、とても気持ちの休まらないことだろう。

「カカオ豆から作られたショコラには、媚薬《びやく》の効果もあるそうですけど、滋養強壮の薬という側面もありますので、そのようにも作用するのではと思います。ショコラを飲むと、気持ちが落ち着いたり、あるいは反対に高揚《こうよう》したりします。このふたつは正反対の作用のように見えますが、口にした者が幸福感を覚えるという意味では、共通すると思います。

だから、恋人たちが一緒に食べると楽しい気持ちになって、結果的に子宝に恵まれるのでは——」

「まあ、そうなの」

手巾で口元を覆って、鈕祜祿《ニオフル》氏は目を輝かせた。マリーはにこりと笑う。

「公主さまがたくさんカカオを発注してくださったので、届いたら西洋でも人気のショコラのお菓子をお作りしますね」

マリーはクリスマスのチョコレート菓子『カトル・マンディアン』を思い浮かべた。去年はまだ和孝公主と知り合っておらず、アーモンドもカカオも手に入れる術《すべ》がなかった。だけど、今年はそのどちらも使うことができる。

マリーはアミヨーたちが作ってくれた模型を参考にして、海晏堂《かいあんどう》のピエス・モンテを四回ほど作った。模型の比率に沿った細部は、それぞれを正しい大きさの菓子に作ることができて、組み立てるだけなのはとても助かった。しかし、細部の完成度は、まだ満足のいく仕上がりにはならない。壁面装飾の細工は、外壁素材のプラスターの浮き彫りと同じように、砂糖細工のパスティヤージュで、リボンやドレープ、花綱などの意匠《いしょう》を丁寧に形作り、彫り上げていかねばならない。ほとんどできあがっても、おしまいで手元が狂うと全部失敗になる壁の装飾と、似たような形の彫刻が並ぶ噴水は、やればやるほど嫌気がさしてくる。ある日マリーが癇癪《かんしゃく》を起こして十二支像を叩き潰したとき、飴細工師は「同じ物がいくつも必要なら、型を作って抜いたらいいのでは」と提案した。ビスキュイの型抜きや模様やリーフ模様やマドレーヌの焼き型と同じだと思ったマリーは、さっそくアラベスク模様やリーフ模様の化粧板や、ローマ風支柱の柱頭飾りの抜き型を作った。型がひとつあれば同じ模様や部品がいくらでも作れる。

「どうしてこんな簡単なことを、もっと早く思いつかなかったのかしら」

「簡単なことだから、見過ごすんじゃないですかね。お嬢さんはもう少し楽をする工夫《くふう》をしないと、いろいろ煮詰まっちまいますよ」

マリーよりも二倍は人生を経験している市井《しせい》の飴細工師は、へらへらと笑いながら言った。

土台からすべてお菓子で作られているので、食べられないことはないのだが、マリーはひとつひとつ並べては、次の試作品と比べるために保存しておいた。

木造建築の杏花庵は、グラサージュを糊代《のりがわ》りに木材に似せたビスキュイを積み重ねて、麦わら屋根に模した糸飴を載せればよかったのだが、さすがに三層石造りの洋館ではそうはいかない。石を積み上げる壁をビスキュイにするか、ヌガーにするか、壁の塗装に使われるプラスター装飾は、パスティヤージュでどれだけ長持ちするか、そういったことをやり方を変えて試作し、日を置いて乾かしたあとはヒビが入るのか、あるいは変色するかなども観察する。

なかなか納得のいくピエス・モンテが完成しない日々も、一日一日と冬至《とうじ》が近づくにつれて、マリーは気持ちが浮き立ってくる。クリスマスが近づいてくるからだ。

そんなある日、マリーは菓子の材料が入荷したと知らせを受けた。

マリー宛に配達された麻袋《あさぶくろ》のひとつは、粉砕《ふんさい》され擂《す》り潰されたカカオではなく、豆がぎっしり詰まっていた。

「うえ、焙煎《ばいせん》と擂り潰しからやらないとだめ？」

マリーは豆のひとつを指でつまみ上げ、両手の親指と人指し指で殻《から》ごと捻《ひね》り潰して酸っぱい発酵臭《はっこうしゅう》を嗅《か》ぎ、うんざりしてつぶやいた。

「私がフランス人だから？」

ピエス・モンテのために、いろいろな輸入食材が必要になったマリーの願いを聞いて、和孝公主は改めてカカオやアーモンドを都合してくれた英国商人を紹介してくれた。アーサー・チズルハーストと名乗ったその商人は、口ひげを長めの八の字に整えた、壮年の人当たりのよさそうな紳士ではあった。しかし和孝公主が頼んだときはカカオの粉末だったのに、こちらには焙煎もしていない豆そのものを送ってくるとは、納品先の菓子職人がフランス人と知っての嫌がらせだろうか。

「いやいや、本職のパティシエにはこっちがいいと、きっと気を遣ってくれたのよ」

マリーは無理に良い方に解釈した。おそらく、チズルハーストははじめのうち、和孝公主がマリーのためにカカオを欲しがっているとは思わず、一般人が手軽に使える粉末カカオを用意したのだろう。油脂《ゆし》を取り除いた粉末カカオでは、作れる菓子の種類も限られるが、豆を砕《くだ》いて練《ね》って固めたカカオマスのほうが、用途も広く薬用効果は高い。

マリーは気を取り直し、前院の賄い厨房の裏に造られた、洋式菓子工房の大きな石窯に火を入れて、洗って乾かしたカカオ豆を焙煎にかけた。マリーがまた何か珍しいことを始めたと、燕児《えんじ》や李三《りさん》はもちろんのこと、陳大河《ちんたいが》まで集まってきた。しかも休みをやったはずの飴細工師も工房に居座って、ときおり石窯の扉を開けて中のカカオ豆をかき回すマリーに、何をやっているのかと訊ねる。市井の飴職人は、これが短期の仕事とわきまえていることもあり、珍しい技なら今後のしのぎになるだろうと考え、マリーの仕事に興味を抱いていた。

「カカオ豆を煎《い》っているの。私も焙煎からやるのは初めてだから、温度が正しいのかわからないけど、低温で二時間くらいかな」

ちょうどいいので手伝ってもらおうと思ったマリーは、あと二時間したらいいものを見せてあげると彼らに約束した。飴職人は、焦《こ》げないようにときどきカカオ豆をかき混ぜる役も、嫌がらずに引き受ける。

「すごい石窯ですねぇ。さすがに皇族さまの王府の厨房だ」

四十を過ぎているようなのに、頑固《がんこ》な職人という感じではない。

マリーと初めて会ったときは、びっくりして胡散臭《うさんくさ》げにしていたが、工芸菓子の仕事を始めると好奇心の方が勝《まさ》ったらしく、洋館の装飾部品などたちまち飴で仕上げてしまう。そうして、マリーの操るフォークの先から生まれ出づる、黄金の糸飴に魅了されて、そうした技もたちまち会得《えとく》してしまった。そして、洋式の石窯にも興味を覚え、一度にたくさんの焼餅《ケーキ》やら麺麭《パン》やらができあがるのを、とても熱心に手伝ってくれる。

そのうち再び集まってきた燕児や陳大河たちに、カカオ豆の皮むきを手伝ってもらう。何の豆か気になった誰かが、皮を剝《む》いた焦げ茶のカカオニブを口に放り込み、その苦さと不味《まず》さに悲鳴を上げて床に吐き出した。

「砂糖やスパイスを入れないと、おいしい飲み物にもお菓子にもならないのよ。最後までやれば、とっても栄養満点で味も素晴らしいお菓子になるから」

誘惑に負け、豆をつまみ食いして吐き出すという道を何年も前に通っていたマリーは、カカオニブを無駄にされたことは叱らなかった。みなといっしょに、ひたすら指でカカオ豆の皮を剝いては、擂り鉢に放り込んだ。賄い厨房の厨師たちのお蔭で、大量のカカオ豆の皮むきは、あっという間に終わった。それでも一刻（約二時間）はかかったのだが。

まずは良い豆を選別して、それから粉砕して擂り潰さねばならないとマリーが言えば、燕児たちは張り切って自慢の包丁で豆を細かく砕き、巨大な擂り鉢をいくつも持ち込んで、カカオニブを擂り潰し始めた。

「いつまでやればいいんだ」

交代で豆を擂り潰すこと一刻が過ぎ、そろそろ粉状になって粘《ねば》りの出始めたカカオを見て、李三が悲鳴を上げる。

「カカオが豆の油でドロドロの液状になって、滑《なめ》らかな艶《つや》が出るまで。粘り始めたら、油が延びやすいよう湯煎《ゆせん》にかけながらやるの。鍋子《グオヅ》にお湯を沸《わ》かして、その上で練り続けるのがいいみたい」

マリーは父親のショコラレシピを読み上げながら指示を出す。

たちまち賄い厨房の竈《かまど》に鍋子が置かれ、鍋子に注がれた湯が沸騰《ふっとう》する。

「絶対に、擂《す》り鉢《ばち》にお湯が入らないように。水分がちょっとでもかかったら、すごく高価なカカオマスが、使い物にならなくなってしまうから」

そもそもショコラを飲んだことも食べたこともなく、その価値も知らない燕児たちに、カカオペーストを扱わせるのは怖かったが、燕児たちはこれが王府の未来に関わる食材だとわかっているようで、マリーの指示を固く守り、とても慎重に扱ってくれた。

慣れないカカオの濃厚な匂いを嗅《か》いで、燕児たちは鼻に皺《しわ》を寄せた。

五つの擂り鉢で練り上げられたカカオペーストの出来は、滑らかさに多少の差はあったが、概《おおむ》ね満足のゆく仕上がりであった。マリーひとりでは、これだけの量を一気に加工することは不可能であったろう。五つのうちひとつは砂糖を加えず、こちらは容器に流し込ませ、そのまま冷《さ》ます。また擂り鉢三つ分のカカオペーストも、砂糖、甜菜糖《てんさいとう》、水飴で練らせたものを、容器に入れて冷暗庫に持って行かせた。

「テンパリングは、数えるほどしかやったことがないので、うまくいくかどうかわからないのだけど」

マリーは麵麭《パン》の生地を捏《こ》ねる大理石の板の片隅に、レシピの本を置いた。五つめの鍋子から冷たく滑らかな板の上にカカオペーストを流して広げ、薄い板で切るようにして擂り混ぜる。固さを感じてきたら鉢に戻し、鍋子の湯に指を入れて温度を見ると、鉢ごと鍋に戻した。そして、何度も熱い湯に指を入れては、湯煎の温度を保《たも》ち続ける。それから皿を一枚取り出し、スプーンですくったカカオペーストをその皿に落として広げた。

マリーの緊張した手つきと目つきに、これが仕上げなのだと一同は察し、誰もが皿の上で徐々に固まっていくショコラをじっと見つめた。

マリーは目の高さまで皿を持ち上げ、薄く均一に延びて固まったショコラの艶にほっと息をついた。そのままエプロンのポケットから取りだしたペティナイフで人数分に切り分け、手伝ってくれた厨師と徒弟にひとりひとり配った。

「おお、なんか、美味《うま》い」

李三がほとんど叫ぶように感想を言った。

「なんだろうな。榛《はしばみ》の実を炒《い》って、餅《もち》に練り込んだ甜心《てんしん》よりも濃厚だ」

誰かが率直に褒めてくれる。

「ありがとう。みんなが手伝ってくれなかったら、こんなにちゃんと作れなかった。砕くのも潰すのも、練るのも、ひとりでやっていたら一日かかって、すごく疲れてしまって、テンパリングに失敗してたと思う。みんながうんと細かく擂り潰してくれたから、とても滑らかなカカオリカーができたし、誰も湯煎の湯を擂り鉢の中に跳《は》ねさせなかったから、無駄も出なかった。とっても感謝してます」

ホテルで徒弟をしていたときだって、カカオが豆で入ってきたときは、ショコラティエひとりではなく、厨房のパティシエが共同作業で当たったのだ。

「おれたちゃ厨師だぞ。そんなくだらない失敗はしない」

厨師のひとりが、ぐいと胸を張って主張した。彼らはマリーよりも経験のある熟練の厨師なのだから、やり方さえ間違いなく指示されれば、見習いのマリーよりも正確で速い仕事ができて当然なのだ。

アミヨーやパンシといい、燕児や漢席の厨師たちといい、マリーは経験豊かなおとなたちに、ずっと助けられている。何年たっても、きっとマリーには追いつけない高いところから、転ばないように、少しでも早く目的を果たせるように、手を差し伸べてくれる。

マリーは両手を胸の前に上げて手を握り、漢人の作法で礼を言った。

「どうもありがとうございます」

厨師たちは照れくさそうにあっちを向いたり、テンパリングに使われた大理石の板をごしごしと拭いたりした。

「これ、本当に砂糖だけで、あのまずい豆がこんな味になるのか」

口の中で溶けていくショコラを、時間をかけて味わっていた燕児がうっとりとつぶやく。

「砂糖だけじゃないよ、細かく細かく擂り潰して、時間をかけて練り上げたから、滑らかで濃厚な味になるの。あとはこれにクリームを混ぜてもっとまろやかな風味にしたり、バニラで良い香りをつけたりすると、いろんなお菓子や飲み物になる。好みで榛の実を挽《ひ》いた粉とか、シナモンとかをふりかけて、もっとおいしく仕上げるの」

「このあとは、どうするんだ」

李三が物欲しそうな顔で、擂り鉢の中で保温されているカカオペーストから目を離さず訊ねる。

「これは、カカオ豆を都合してくれた和孝公主さまへのお礼と、老爺《ラオイエ》とお妃さまたちの午後のお茶。それから、ピエス・モンテの模型を作ってくれた北堂の神父さまたちへの、お礼のお菓子を作るの」

マリーは用意していた干果と堅果を入れた容器を取り出した。

ひと匙《さじ》ずつ、滑らかなショコラをこんもりと大理石に落とし、円形にまとめて、固まらないうちに具材の干し無花果《いちじく》と干し葡萄《ぶどう》、そして炒って薄皮を剝いた白アーモンドと、こちらは茶色い薄皮のついたままの榛の実を、ひとつずつショコラの表面におしつけていく。

北堂勤めの宣教師に贈る数を作り終えると、マリーは上に載せる具を胡桃《くるみ》や干し杏、大棗や枸杞《くこ》の実に替える。こちらは永璘と妃たち、そしてひとりしかいないお姫様の茶菓子。さらに同じものを、手伝ってくれた厨師と徒弟の分。そして、最後に、ほんの数個ばかりは胡桃と榛の実は同じだが、干果を大棗と竜眼《りゅうがん》に替える。和孝公主府に送る分であった。

「李三、お願いしていい？　この試食分を、満席膳房の高局長と王第二厨師、李二《りに》に届けてくれるかな」

「おう、任せとけ」

すでに自分の試食分で頬を膨《ふく》らませた李三は、三つのカトル・マンディアンを捧げ持って後院へと駆け出した。

「どうして、送る先によって載せる具を替える必要があるのか、訊いていいか」

燕児の問いに、マリーは正直に答えた。

「このお菓子、もともとキリスト教のお祭りで食べられるお菓子なの。干し無花果と干し葡萄、白アーモンドと榛は、その色がヨーロッパの修道会の衣装の色に因《ちな》んだものだから。でも、清国のひとに食べてもらうなら、宗教に関わらないように載せる具の色を替えれば、ただの甘いお菓子になるでしょう？　公主府宛てのは、侍医さんからもらった、『妊婦が食べてもいい食材』から選んだの。でもお砂糖を使っているから、だめかもしれないけど。試作品ということで、侍医さんが食べてくれたらいいかな、と思って」

「ふうん、瑪麗《マリー》にしては、気を遣うじゃないか」

「孫厨師！」

褒める前に茶化さないと気の済まない燕児に、マリーは抗議の声を上げた。陳大河はひとつきりのカトル・マンディアンを少しずつかじり、最後の一口を名残《なごり》惜しそうに終わらせる。

「この世界には、珍しくて、とてつもなく美味い食べ物が、まだまだあるんだなぁ。南方の果物も、北京じゃ乾果でなくちゃ手に入らないけど、採《と》れたての新鮮な、汁気たっぷりの甘い食べ物がいっぱいあってさ」

「たくさん作って固めたあっちのはどうするんだ？」

大河の感慨《かんがい》を無視して、燕児が保存庫へ運ばせたカカオマスの使い道を訊ねる。

「ピエス・モンテの材料にしたり、嫡福晋《ちゃくふくしん》さまに差し上げるお菓子に使ったりするつもり。この季節なら数日はもつから」

洗い物を片付けているところへ、李三が戻ってきた。

「高厨師が、あの甜心を老爺《ラオイエ》に差し上げてもいいってさ」

「ありがとう。また嫡福晋さまが素敵な名前を考えてくださるかな」


クリスマス・イブの日、マリーは朝の点心局を手伝い、それが終わると速攻で西洋石窯のある前院の厨房へ移動した。

清国に来て初めて作ったカトル・マンディアンの試作品は、燕児たちに話したとおり、海晏堂《かいあんどう》の模型を作ってくれたアミヨーとパンシへのお礼に北堂へ納め、とても好評だった。

そして模型の尺に合わせて作った海晏堂の完成品第一号は、まだまだ改良の余地はあったが、なかなかの仕上がりだった。だから、マリーはさらに感謝を表したくて、クリスマスのパンや菓子を持って、翌日のクリスマスのミサへ持って行くことにした。

もっとも、清国に来て二年目のクリスマスなのだ。模型のことなどなくても、マリーは手に入る材料を駆使《くし》して、故郷の味を懐かしんでいるであろう宣教師たちのために、フランスの菓子を作って届け、ともにクリスマスを祝ったことだろう。

クリスマスのパンは、本来は十二月に入った頃からたくさん作っておき、少しずつ食べながら、当日を迎えるものだ。保存が利くように、サクランボの蒸留酒にいろんな種類の乾果と堅果とスパイスを漬《つ》け込み、オレンジやレモンの皮の砂糖漬けも加えて、強力粉の半分近い量の砂糖を合わせた生地に練り込んで発酵させ、焼き上げる。

ドライフルーツやナッツと、たくさんのスパイスで焼き上げたり、蒸したりしたパンやケーキをクリスマスに食べるのは、フランスだけではない。ドイツのシュトーレンは焼き上げて冷ましてから粉砂糖でパンを真っ白に包み、イギリスのスパイス・プディングは生地にラム酒やブランデーを混ぜ込むだけではなく、食べる直前に酒をたっぷり注ぎかけて火をつけ、アルコールを飛ばす。

市場や卸《おろし》が休みになり、家族や友人の集まるクリスマスに、パンが足《た》りなくなって慌てないように、日持ちのするパンをできるだけたくさん作って蓄えておくのだ。

マリーが働いていたパリのホテルには、ヨーロッパじゅうから貴族やブルジョワが客として訪れていたので、クリスマスは各国のパンや菓子を作らねばならず、街のパティスリーの何倍も忙しかった。

和孝公主に紹介されたイギリス商人から買い付けたキルシュに、前の晩から漬けておいた洋梨、プラム、無花果、杏と葡萄のドライフルーツ、胡桃と榛の実、炒ったアーモンド、粉に挽いたシナモン、クローブ、ナツメグ、八角《はっかく》の覆いをとって、その香りを胸いっぱいに吸い込む。

お酒はワインくらいしか飲まないマリーだが、菓子に使うリキュールやブランデーの匂いは大好きであった。クリスマスのパン《パン・ド・ノエル》を作るとき、焼きあがるとき、そして食卓で切り分けて食べるときの、そのときどきに漂《ただよ》う酒精とスパイス、酵母などの香りは、クリスマスを家族で過ごした思い出と深く結びついていて、幸せな気持ちになれるからだ。

マリーはこの日のために育ててきた酵母を使って、クリスマスのパンを五つ焼いた。

ふたつは北堂に、ひとつは永璘一家に、ひとつは点心局用に、そしてもうひとつはカカオマスを作るのを手伝ってくれた賄い厨房と、漢席厨師の仲間たちのためだ。

フランスの伝統食でもあることから、父親の残したレシピに忠実に作ったので、清国人の口に合うかどうかわからない。ひとりひとりには薄く切ったのが一切れずつしか行き渡らないだろうから、気に入らなければ残しても問題はない。

そして、作り置きのカカオマスを出して湯煎にかけ、最近は慶貝勒府《けいベイレふ》にも菓子の材料を卸してくれるイギリス商人が喜ぶようなファッジを作った。砂糖と練乳とショコラを混ぜて加熱し、冷やし固めたファッジは地獄《そこ》のような甘さで、清国人の口には合わないだろう。だが、なぜかイギリス人は、焼き損ねた半生のガトー・オ・ショコラのような、このもったりねっとりと歯につく極甘の菓子が大好きなのだ。

この日、英国商人の使いが、年内最後の御用聞きに顔を出した。マリーが顔を出すと、主人からだと言って、注文した覚えのない細長い包みを手渡される。御用聞きは清国人の少年であったから、マリーは試作の飴を入れた小さな袋を駄賃《だちん》代わりに渡した。それから発注書とともに、フランス語と英語の両方でメリー・クリスマスと添えたメッセージとファッジを入れ、リボンで飾った小箱を、少年の主人に渡すように頼んだ。

英国商人が言付けたのはクリスマスの贈り物だろうか。フランス語でマリーの名とクリスマスの祝辞が記されている。細長い包みの中身は固く、瓶《びん》のようだ。軽く振ると液体が揺れる音がする。

同時にクリスマスの贈り物を、互いに用意するなんて、とマリーは微笑む。

遠い異郷にいると、国の違いやカトリックとプロテスタントという対立は横に置いて、ヨーロッパ人のキリスト教徒というくくりでクリスマスを祝いたくなるものらしい。

この英国商人と顔を合わせたのは公主府で紹介されたときの、一度きりである。互いの来歴など話す時間もなく、ただ清国では手に入りにくい食材を求めるマリーの要求に、商人として最善を尽くすことを誓《ちか》ってくれた。

清国内において、冊封国《さくほうこく》以外では特許を有する商人を介さなければ貿易ができない。西欧諸国の貿易商には自由な交易が許されないこともあり、彼ら自身の行動にも厳格な制約があった。軍機大臣の和珅《ヘシエン》のほかにも、北京の王府にひとつでも縁故ができるのであれば、渡りに船でもあったのだろう。

マリーは清国の外交に疎《うと》く、西欧経由でなければ得られない菓子の材料が手に入るのならば、英国が他の海洋国や清国を相手に、水面下で散らしている火花とその行く末など知る由《よし》もないし、知っていても実情などは想像できない。乾隆帝の寵のもと、私権貿易で私腹を肥《こ》やす和珅と関わる危険には、まったく考えが及ばなかった。

欧州から輸入したワインであれば、何ヶ月もかかる輸送期間のために、味も風味も落ちていることだろう。しかし庶民のマリーは、安物の粗悪品《そあくひん》や、保管環境が悪くて劣化《れっか》したワインをおいしく飲む方法なら、いくらでも知っている。手元に残ったスパイスで香りをつけた、クリスマスにはつきもののヴァン・ショを作れると思えば嬉しいのだが、いかんせん王府の厨房にはコルク抜きがなかった。

「北堂で開けてもらうしかないかしら」

明日持って行く荷物が多すぎて、マリーは嬉しい悲鳴を上げた。

それから残ったカカオマスで大量のカトル・マンディアンを作り、アーモンドを擂って四種類のマカロンを作った。最後には卵だけになったので、目を瞑っていても作れるビスキュイ・ア・ラ・キュイエールを焼いてピラミッドを築く。

材料があれば、一日中でも、何日でもひたすらにお菓子を作り続けてしまいそうだ。

「すごいな。甘い匂いがこっちの厨房どころか広亮大門《こうりょうだいもん》の外まで漂っているぞ」

顔をしかめ、しかし喉を鳴らしながら、燕児と李三が隣の厨房から顔をのぞかせる。

「そっちは一段落した？　午後の点心にしましょう」

洋館のピエス・モンテのために、マリーはどんな菓子でも作り放題を許されていた。フランスのお菓子を好きに作れたこの日々は、もしかしたら清国に来てから、最高に至福のときであったのかもしれない。

第三話

皇帝陛下とパティシエール

西暦一七九二年　乾隆五七年　早春
紫禁城／円明園

菓子職人の見習いと、紫禁城《しきんじょう》の宴《うたげ》

春節を祝い、都の大気を満たした爆竹の音もいったんは静まるころ、マリーのピエス・モンテは完成した。

試作に試作を重ねた十度目の海晏堂《かいあんどう》は、ようやく隅々《すみずみ》までマリーの思い描くピエス・モンテとなった。洋館の外壁は石造りだが、表面はプラスターで白く塗られているので、ヌガーを積み重ねた表面に、白いパスティヤージュを塗って艶《つや》を出す。重厚な建材に精緻《せいち》な浮き彫《ぼ》りを施《ほどこ》した正面の扉は、型に入れて固めた板状のショコラだ。はめ込まれた窓はクリームで色を薄い茶色にした板ショコラを、格子柄《こうしがら》の型で固めた。

窓ガラスの雰囲気《ふんいき》を出すために、透明な飴《あめ》を格子の中に嵌《は》めてある。光が当たると本物のガラスのように光を反射した。弧を描いて噴水池へと下りていくアプローチ階段は、形と大きさをそろえたヌガーを石段に見えるように重ねてある。十二支の像は柔らかい状態で成形したヌガーに、溶かしたショコラをかけて形を整えたら、本物の古い銅像のようだ。

やや青みを帯《お》びた透明な飴が、階段の手摺《てす》りを流れる水を表現する。そしてできるだけ淡い色に仕上げた糸飴が、十二支の口から吐き出される水となり、中央の噴水から高く噴き上がる水と交差する。

屋根の艶やかな瑠璃瓦《るりがわら》は、飴が柔らかいうちに切って同じ形に整え、一枚一枚丁寧《ていねい》に葺《ふ》いた。

洋館の高さに合わせた庭園の木々、草花、庭園の出入り口に、向かいあわせに立つ二本足の屋根付き門『牌楼《はいろう》』にも、洋風のレリーフが刻《きざ》まれている。

「おお、これなら皇上も喜んでくださるだろう」

永璘《えいりん》は喜び、壊さぬよう大きな櫃《ひつ》に入れて、厳重に梱包《こんぽう》して紫禁城《しきんじょう》へ運ばせた。


元宵節《げんしょうせつ》の祝いは、乾隆帝《けんりゅうてい》の残り少ない家族を集めて、紫禁城で行われる。

マリーにとって安堵《あんど》したことに、宴《うたげ》に招かれたのは、このとき生存している乾隆帝の妃《ひ》嬪《ひん》と皇子、公主とその家族だけであったことだ。臣下はもちろんのこと、鉄帽子王《てつぼうしおう》たちも列席していなかった。

身内の宴とはいえ、形式を重んじる紫禁城の行事であるため、乾隆帝の一門は皇城の南《なん》大門《だいもん》から入り、天安門《てんあんもん》より列を成して入場する。筆頭は最年長の皇子、儀郡王《ぎぐんおう》とその家族、続いて成《せい》親王とその一門、続いて皇十五子の嘉《か》親王永琰《えいえん》の嫡福晋と子どもたち、固倫《グルニ》公主和孝《わこう》とその夫 豊紳殷徳《フエンシエンインドウ》、そして慶貝勒《けいベイレ》の永璘と三人の妃、長女の阿紫《あじ》に付き従う、鈕祜祿《ニオフル》氏の侍女の装いをしたマリー・趙《ちょう》。

かれらが天安門から端門、中門へと長い道のりを歩き、午門《ごもん》へと至ったのは、もう日暮れどきであった。軒という軒に等間隔《とうかんかく》で灯籠《とうろう》が下がっていて、だだっぴろい城内に無数の赤い灯がどこまでも続いている。

とても幻想的な光景だが、マリーはいったいいつになったら皇帝のいる御殿にたどり着けるのか、まったく予想がつかなかった。紫禁城へは、後宮の妃を訪問するために裏口の玄武門《げんぶもん》から入ったことはあるが、皇帝に謁見《えっけん》するために正面から入ったことはなかった。

紫禁城がいかに宏大であるか、改めて思い知ったマリーだ。しかも、皇帝とかれの宮廷は、夏は避暑地の熱河《ねっか》で狩猟《しゅりょう》と外交にいそしみ、北京ではほとんど山紫水明の円明園《えんめいえん》で暮らしつつ政務もそこから行われ、この紫禁城には恒例行事のために一年で合わせてもほんの二ヶ月くらいしか滞在しないというのだから！

龍の浮き彫りを施した巨大な大理石の両側の石段を粛々と昇って、ようやく太和殿《たいわでん》に至る。七十二本の赤い柱に支えられた、国家式典のために建てられた宮殿だ。長い行列は、太和殿も無言で通り過ぎ、中和殿《ちゅうわでん》を過ぎて保和殿《ほわでん》で、ようやくそこで待つ皇帝の前に整列して跪《ひざまず》き、叩頭《こうとう》の拝礼を繰り返してから、順番に祝賀の言葉を述べることができた。

こうした行儀作法は、和孝公主に徹底的に仕込まれていたので、マリーは周りの皇族たちと同じように、一糸の乱れもなくついていくことができた。

残念ながら、マリーはこの拝礼で乾隆帝の竜顔を目にすることはできなかった。王府の使用人なので、保和殿の中には入れなかったのだ。この冬空の下で、各王府からついてきた侍女や太監《たいかん》、侍衛《じえい》らと外のテラスに整列し、太監の号令に合わせて拝跪《はいき》叩頭を繰り返さなくてはならなかった。

宮殿にも回廊にも短い間隔で灯籠が吊り下げられ、夜も昼の明るさを保つのは、市井《しせい》の元宵節となんら変わりはない。太監の呼び声に従って儀式が進行し、やがて宴となってそれぞれの家族が用意された円卓についた。

使用人たちは、おのおのが仕える王府の卓のそばに並んで控《ひか》える。給仕は紫禁城の太監がするので、マリーたちは皇族が談笑しながら食事をするのを、じっと立ったまま眺《なが》めているのが仕事であった。

それにしても、寒い。

北京の冬は零下《れいか》にもなろうという厳しさなのに、暖房といえばそれぞれの円卓には手焙《てあぶ》りと、卓のそばに石炭が赤々と燃える炎筒《えんとう》が用意してあるだけだ。みな毛皮の縁取《ふちど》りをした胴着や長袍《チャンパオ》をまとっているが、会話に口を開けば白い息を吐いている。卓上でももうもうと湯気を上げる火鍋の熱も、参列者のところまでは届かない。マリーは手の甲まで毛皮で覆《おお》った長袍を着ていたが、動かさない指先はどんどん冷たく感覚が鈍《にぶ》くなっていく。

ただひたすら、永璘一家の円卓の背後に控えて、ピエス・モンテを献上《けんじょう》するよう、声がかかるまで静かに待った。

王府からついてきた使用人は、宴が終わるまで何も食べられないので、来る前にお腹いっぱい食べるように永璘からも鈕祜祿《ニオフル》氏からも言われていたのだが、緊張のあまり夕食はマリーの喉を通らなかった。

一国の君主の宮殿だから、ここまで寒いとは思っていなかったマリーは、冷え込みの激しさに一気に空腹が押し寄せてくる。どうりで清国の皇帝もその家族も、必要がなければ、できるだけ紫禁城では暮らしたくないはずだ！　夏は酷暑《こくしょ》の北京を逃れて北の塞外で涼み、他の季節も、宮殿が内輪向けに建てられた水と緑の豊かな円明園で過ごすのだろうと、密かに納得する。

寒さの我慢《がまん》大会が催《もよお》されているなか、皇族たちが食べている食事の匂いが鼻腔を突いて胃袋を刺し、マリーはたいへんつらい。

慶貝勒府《けいベイレふ》から乾隆帝に献上される西洋楼の工芸菓子は、余興のひとつとして宴の後半に披露《ひろう》されることになっている。時間よ早く過ぎよと、マリーは必死で祈った。

皇族がひとりひとり、席を立って乾隆帝に話しかける。

マリーのいる場所からは、威厳のある老人が、美しく着飾った皇族たちに声をかけているようすは見える。赤と黒の冬帽は、永璘たちが被っている官帽と基本的には同じデザインだが、頂《いただき》の飾りは高く黄金に輝き、頂珠《ちょうじゅ》もひときわ大きい。皇帝だけが着用する黄色い朝服には色彩も豊かにびっしりと刺繍が施され、勇壮な龍が胸にも裾《すそ》にも躍っている。

皇帝と卓を並べて箸《はし》を動かす妃たちは、マリーも顔を知っている永璘の養母の穎妃《えいひ》、和孝公主の生母、惇妃《じゅんひ》、そして年老いたもうひとりの妃と数人の嬪の姿が見える。穎妃はマリーに気がついたようすはないが、ときどき永璘の方を見て目が合うとにこりと微笑む。

乾隆帝と談笑していた十五皇子の永琰《えいえん》が席へ戻ると、次は永璘の番だとマリーはすっと背筋を正した。いつピエス・モンテの説明に呼び出されてもいいように、冷え切った手足をほぐし、頰の筋肉をゆるめておく。

が、次に乾隆帝の側に上がったのは和孝公主であった。爵位の高さを考慮《こうりょ》すれば、確かに和孝が永璘よりも上位なのだが、郡王の永珹《えいせい》が最年長として敬《うやま》われ、親王の永瑆《えいせい》や永琰よりも先に立っているのだ。永璘の方が和孝よりもずっと年上であることを考えると、この序列はなんとも釈然としない。

夫の豊紳殷徳《フェンシェンインドゥ》と侍女に、両側から支えられて乾隆帝の前に進んだ和孝公主は、妊娠の経過を報告する。乾隆帝は体を冷やさないようにと、和孝公主の席に倍の数の炎筒と、卓の下に陶器の火《ひ》桶《おけ》を置かせ、また座布団と毛皮の外套《マント》を増やすように太監に命じた。

乾隆帝はこのとき八十歳。しかし見た目はまったく元気な老人だ。七十代のアミヨーや、まだ五十代のパンシよりも活力に満ちている。和孝の冗談《じょうだん》を聞いてあげる笑い声も、マリーの所まで届くほどだ。

和孝公主が自分の席に引き取ると、永璘の席に太監が近づき目配せをした。永璘が立ち上がり、マリーは一歩進んで、席を立つ鈕祜祿氏《ニオフル》の手を取る。

父親の前に出た永璘は、マリーには聞き取りにくい言葉で挨拶をする。それが韃靼《だったん》語なのか北京官話なのか、皇宮で話される独特の言い回しなのか、マリーにはわからない。ところどころの単語は拾えたので、おそらく、非常にもってまわった北京官話なのだろう。

乾隆帝は鈕祜祿氏にも声をかけ、家族と実家の父母の健康を訊ねる。鈕祜祿氏は感謝の言葉を述べ、みな息災であると答えた。

「ところで、ご所望の品が完成しましたので、お持ちしました」

永璘がとても緊張した表情と声で進み出ると、小さな輿《こし》に載せた、西洋楼の一部を模したピエス・モンテを、太監がふたりがかりで掲げてしずしずと進み出る。

輿は壇上《だんじよう》の乾隆帝の前まで運ばれ、予《あらかじ》め用意されていた台に下ろされる。身を乗り出してピエス・モンテを見つめていた乾隆帝はやがて席を立ち、台の近くまで来て念入りに作品を鑑賞した。

マリーはうつむいたまま、生きた心地がしなかった。

本当はもっと時間をかけて、修練してから完璧なものを作るべきではなかったか。

このピエス・モンテを作ったのはマリーだが、彼女ひとりで作り上げることはできなかった。アミヨーとパンシの援助と、飴細工師の手伝いと、ともに実際に西洋楼を見て、全体像や細かい装飾の絵図を何枚も描いてくれた永璘がいなければ、それこそおとぎ話のお菓子の城に、毛が生《は》えたようなものしか作れなかっただろう。

しかしこのピエス・モンテは、建築物の工芸菓子を初めて見た人間なら、それなりに感心してくれる出来に仕上がっているはずだ。フランスのパティシエが見ても、まあまあ褒《かん》めてくれるかもしれない。柱も化粧板も、手摺りの飾りも、西洋楼を設計し、完成まで監督《とく》を続けたすべての宣教師たちが、望郷の念もそのままに故郷の伝統様式を注ぎ込んだであろうバロックやロココ、古典様式を丁寧に再現した。

建築にはさほど知識のなかったマリーだが、作っているうちにパリやヴェルサイユで何気なく目にしていた教会や宮殿の装飾や様式を少しずつ思い出し、そのイメージに近づけることに夢中になっていった。

だが、マリーの四倍以上の年月を、世界中のあらゆる美術品と芸術品を目にしてきた清国の皇帝の目には、徒弟ふぜいが背伸びをして作ったガラクタにしか映らないかもしれない。

少しして、乾隆帝のしわがれてはいるが、活力を含んだ声が壇上から聞こえた。

「よくできている」

マリーが少しだけ視線を上げると、乾隆帝は自席へもどって腰を下ろした。

少し待って、それ以上の言葉はないと察した永璘と鈕祜祿氏《ニオフル》は、拝礼して下がった。

マリーは拍子抜けした思いで、鈕祜祿氏の手を支えて主人夫婦に従う。

「待て」

乾隆帝の声が背中に響き、永璘に続いて鈕祜祿氏とマリーが振り返る。

「その者か」

乾隆帝の質問が、マリーを指していることは明らかだ。永璘はマリーの背中を押して、膝をつくように促した。マリーは両膝をつき、一度叩頭して名乗った。

「糕點師《ガオディアンシー》見習いの、マリー・フランシーヌ・趙・ブランシュと申します」

「立ちなさい」

皇帝の命令に、マリーは永璘と鈕祜祿《ニオフル》氏に挟まれて立ち上がった。乾隆帝は眉を寄せ、目を細めてまじまじとマリーの顔を見つめる。

「その者は、なぜ化粧をしておらんのだ」

マリーは髪も結って、嫡福晋の侍女が飾るような髪飾りに造花と簪《かんざし》をつけ、華やかな長袍《チヤンパオ》をまとっていたが、耳飾りや化粧はしていなかった。王府で身支度《みじたく》をしていたとき、侍女のひとりに「白粉《おしろい》でそばかすを隠しては」と言われたが、マリーは素顔でいいと断った。

「ご下問にお答えします」

思ったより、すらりと声が出た。間違える怖さにもっと震えるかと思ったのだが、動悸《どうき》もいつしか静まっていた。むしろ隣の永璘が、手を握ったり開いたりして緊張しているようだ。

「わたくしは食べ物を扱う糕點師《ガオディアンシー》ですので、普段から化粧品や香水をつけません」

「だが、髪と衣装は飾っておるな」

永璘と鈕祜祿氏がひどく緊張しているせいで、マリーはかえって落ち着いてきた。

「糕點師も、君主に拝謁《はいえつ》するときは、正装いたします」

何かくぐもった音が聞こえたが、もしかしたら乾隆帝は笑ったのかもしれない。

「西洋楼を見て、どう思ったか」

マリーは慎重に答えた。

「とても素敵でした」

洋式の豪邸や宮殿に住んだことこそないが、マリーは見慣れているし珍しくもない。教会は毎週通っていたし、大聖堂は何度も行った。仕事先もヨーロッパの上流貴族御用達《ごようたし》のホテルだったから、規模や外観は王宮並みであった。なまじな貴族の館よりも部屋数は多く、舞踏会《ぶとうかい》や観劇もできる広間の装飾とシャンデリアは、西洋楼の洋館のどれよりもずっと豪華であった。とはいえ、懐かしい気持ちになったことは確かで、宣教師たちが精魂《せいこん》を込めて作り上げた西洋楼は、素晴らしく美しかった。

「洋館で気に入ったのがあったか」

「館よりも、噴水に目が行きました。あの、噴水のピエス・モンテをどう作ろうかと、そればかり考えていましたので」

乾隆帝はもう一度立ち上がって、飾られたピエス・モンテに戻り、太監に灯籠を持ってこさせて、噴水の細工をさらに念入りに観察した。

「よいできだ」

乾隆帝は近くの太監に何かささやくと、その太監は皇帝の食卓から皿をひとつ取り上げ、捧げ持ちながらマリーたちのところへ降りてきた。

「皇上より、料理を賜りました」

煮込まれたと思われる小さな丸い実がびっしりと盛り付けられた料理だ。野菜も何種類か入っていて、底には白いご飯が敷いてあるようだ。呆然としているマリーの肘を永璘が軽く突いたので、マリーは「身に余る栄誉《えいよ》です」といった意味の礼を述べて受け取った。

永璘と鈕祜祿《ニオフル》氏もマリーの礼に合わせて恭しく拝礼し、マリーも料理をこぼさないよう皿を掲げて、鈕祜祿氏よりも腰を低く落とした。食卓に控えていた永璘のふたりの妃と、背後の近侍たちも、立ち上がって拝礼している。

皇帝の食卓から一皿の料理を賜るということは、マリーだけではなく慶貝勒府《けいベイレふ》もまた大変な栄誉に与《あずか》ったものらしい。マリーの胸は高鳴った——が、実際に音をたてたのは胃袋の方であった。目の前のおいしそうな料理の匂いに刺激されて、マリーの腹から漏れ出た奇妙な音は、他の卓にいる人々にも聞こえたようだ。

成《せい》親王の失笑と、それをごまかそうとする咳払いが聞こえた。

「永璘、そなたはこれほどの腕を持った糕點師《ガオデイアンシー》に、食事を与えておらぬのか」

乾隆帝の皮肉に、永璘は畏《かしこ》まって答える。

「皇宮に上がる緊張で、今日は朝から食が進まなかったようです」

「では、その八宝蓮子飯《パーバオレンツーハン》をここで食べさせてやれ」

皇帝の太監のひとりがすっと降りてきて、慶貝勒の食卓に椅子をひとつ加えた。

永璘が皇帝の寛大さに感謝して、三人で自席へ戻ろうとすると、ふたたび乾隆帝が声をかけた。

「永璘」

永璘はくるりと振り返り、ふたたび拝跪する。

親子なのにあまりに形式張っているし、会話するのに話題以外の手続きでいろいろと忙し過ぎる関係だと、マリーは内心で嘆息せざるを得ない。マリーならばとっくに家を飛び出しているだろう。

「慶貝勒府《けいベイレふ》には、いまだ嫡子が生まれる気配がない。妹に先を越されてどうする。穎妃に書林《しよりん》の家から若い側福晋を選ばせておいた。日取りが決まり次第《しだい》、娶《めと》るように」

「は。ありがとうございます」

永璘は深々と礼をした。

マリーはおもわず料理の皿を落としそうになったが、かろうじてこらえた。まだ生まれてもいない、性別もわからない和孝の子を引き合いに出す意味もわからないし、親族が集まっている中でそんなことを言い出す神経も理解できなかった。

マリーはそっと目の端で鈕祜祿《ニオフル》氏の蒼白な顔を窺《うかが》い、その心中を慮《おもんぱか》り自分のことのように胸が痛める。顔を上げて立ち上がった永璘の無表情と、青ざめた鈕祜祿氏に挟まれて、マリーは凍《こご》えのためではないぎこちなさで席へと戻った。

鈕祜祿氏はもちろん、側福晋の劉佳《リユウギヤ》氏、庶福晋の張佳《ヂヤンギヤ》氏も、硬い表情で食事に箸をつけることもしない。ひとり娘の阿紫は、食卓に降りた重たい空気に戸惑って、手の届くところにある酥盒《スーコウ》――ラードで練ったパイで餡を挟んで揚げた菓子――を黙々と頬張り続ける。

そっと見回すと、和孝公主が気遣わしげな視線をこちらに向けてくるのはわかっていた。しかし、周囲の目も気になるマリーは、乾隆帝から賜った料理から、機械的に蓮子をひとつずつ箸でつまんでは口に入れ、味もわからないまま宴が終わるのを待った。

菓子職人の見習いと、不可能な課題《ミッション・インポッシブル》

元宵節が終わると、正月気分は一掃される。まだ寒さは厳しいが、梅の花は次々と咲き始め、桃の蕾《つぼみ》も膨らみ始める。日中の日差しは、少しだけ柔らかくなってきた。

太監の黄丹《こうたん》と、薪《まき》を積んだ荷車を杏花庵《きょうかあん》へ押していく途中、マリーは西園の池の畔《ほとり》で立ち止まり、水面に石を放り投げて氷の厚さを推《お》し量《はか》った。かなり厚そうなので、マリーは岸に近づいてもっと大きな石を投げ落としてみた。石は氷の表面に小さな疵《きず》を刻んだだけで、ヒビも走らせることなくごろごろと転がっていく。

「清国人はスケートはしないの？」

「すけーと、ですか」

「薄い刃のついた靴《くつ》を履《は》いて、氷の上を滑《すべ》って遊ぶの」

黄丹は目を白黒させて言い返した。

「見たことも聞いたこともないです。氷の上なんて、滑ったら転ぶじゃないですか。それに氷を踏み抜いて割れたら、冷たい水に落ちて溺《おぼ》れてしまいますよ」

「うん、まあ、氷が割れてひとが死ぬこともあるし、上手《じょうず》に滑れるようになるのに練習は必要だけど」

　マリーは西洋楼の東端にあった、方形の湖を思い出していた。

　カスティリヨーネはイタリアの出身であるから、スケートは嗜《たしな》まなかったかもしれないが、あの広さと形は、夏は魚を釣り、冬はスケートをスポーツとして楽しむ欧州貴族たちが、いかにも領地の館に持っていそうな人工湖であった。

　北部ヨーロッパの庶民にとっては、スケートや氷上橇《そり》は、船を使えない季節に運河や河を移動するために、大昔からある交通手段だ。同じように運河や水路を張り巡らせた都市に住む清国でスケートが知られていないのは、マリーとしてはとても不思議に思われた。

「誰が最初に考えたのかしらね。橇の底についてる、あの細長い底板を靴の下につけたら、凍った地面も氷の上もすいすい進めるでしょう？」

「いやはや」

　黄丹はとても想像できないし、挑戦したくもないという気持ちを顔いっぱいに出して首を左右に振った。

　皇帝は堅苦しい紫禁城を脱出し、風光明媚《めいび》な円明園に移ったらしい。あのピエス・モンテが厚い城壁の向こうでどうなったのか、マリーはもちろん、永璘も知らされることはなかった。もっと劇的な何かが起きることを期待、あるいは怖《おそ》れていたのに、日々は漫然と過ぎていく。

　とりあえず、マリーは点心局の徒弟という、以前と同じ平穏で忙しい日に戻っていた。

　だが、慶貝勒府《けいベイレふ》は以前と同じではない。

　まず三番目の妃である張佳氏《ヂャンギャ》が、住み慣れた中院の東廂房《わきのや》から、院子《なかにわ》を隔《へだ》てた同じ中院の西廂房に娘とともに引っ越した。

　永璘が新しく娶る武佳氏《ブギャ》は側福晋として迎えられる。庶福晋の張佳氏《ヂャンギャ》よりも格が上なので、東が西よりも貴い《とうと》という思想のある清国では、張佳氏は東側の宮殿を譲《ゆず》らなくてはならないのだそうだ。

　二日前に輿入れしてきた武佳氏は、マリーといくつも違わない初々しい少女だった。春の花を散らした艶やかな真紅の花嫁衣裳をまとい、底の高い花盆靴《かぼんぐつ》で音を立てず優雅に進み、嫡福晋の鈕祜祿氏《ニオフル》に拝礼するのを、マリーは同僚の小蓮《しょうれん》といっしょに回廊の隅からのぞき見た。

　乾隆帝と穎妃《えいひ》のめがねに適っただけあって、顔立ちは清楚《せいそ》で美しく、物腰は優雅で品がある。シミひとつない象牙《ぞうげ》色の頬は、寒気と興奮に薔薇《ばら》のように赤く染まり、無邪気な愛らしさをいっそう引き立てていた。

　鈕祜祿氏は、請安礼《せいあんれい》に深く腰を沈める武佳氏の両手をとり、立ち上がらせる。武佳氏は慶貝勒府の福晋として、鈕祜祿氏の指導のもと精進したいといった意味の挨拶をした。鈕祜祿氏はいつもの慈愛に満ちた笑顔で若い妃をかわいい妹と呼び、手をつないで正房《おもや》の奥に待つ夫のもとへと導いた。

　マリーには到底理解できない清国人の行動と心理であった。

永璘が新しい妃を迎えることを知って、最も激しく悔しさと怒りをあらわにしたのは下働きの小蓮だ。姓からして漢族旗人《きじん》の武佳氏が永璘の側福晋になれて、どうして奴僕《ボーイ》とはいえ満族の自分が厨房の隅で皿を洗っていなければならないのかと、勅命を聞いた日から毎晩、怒ったり泣いたりして枕を濡らした。

初めて永璘を目にした日から、一年以上も叶《かな》わぬ恋にひたすら身を焦がしてきた小蓮には気の毒であるが、皇帝の命令なのだからどうしようもない。永璘に拒否権はなく、あったとしても断る理由はない。

鈕祜祿《ニオフル》氏は、自分が嫡子を生《な》さずに十年が過ぎたことを責められたように感じているであろうし、それは他の妃たちも同じであった。三人の妃はみな、二十代の半ばか後半であり、いままで子を産めなかった彼女たちが、この先懐妊する望みは薄い。永璘の子が女児の阿紫ひとりのみというのは、家の存続をなにより重んじる清国の常識としては、真剣に憂《うれ》えるべき事態なのだ。永璘が養母の穎妃や親戚一同から、若い妃か側女《そばめ》を娶るよう、実はずいぶんと前から言われ続けていたということも、王府で知らない者はほとんどいなかったのだ。

生まれて間もなく病死したものの、初めて男子を産んだのが嫡福晋の鈕祜祿氏であり、永璘が若い妃を娶ろうとしなかった理由が、二人目の男子が正室の腹から生まれるのを望んでいたからであるということも、マリーは感じ取っていた。しかし、乾隆帝のひと言が王府の人々の暮らしを大きく変えてしまった。

マリーのピエス・モンテはそれなりの成功だったと思われるのだが、そこから人々の関心を引き剝《は》がし、周囲の注目をあまり望ましくない形で永璘の上に集めてしまうような、乾隆帝の言動であった。

まるで、ピエス・モンテには難癖《なんくせ》がつけられないので、他の理由を持ってきて永璘に嫌がらせをしたかのような印象さえ受ける。

――でも、父親だし、皇帝なんだから、いくらお気に入りの息子じゃないからって、そんなせこいことする理由がないよ。

マリーはそう自分に言い聞かせつつ、後院を彩る華やかな女性たちの祝宴を背に、膳房へと戻った。

「若いお妃さま、きれいだったたね」

マリーがぼそりとつぶやくと、小蓮は小さく唸《うな》って悔しげに袖で涙を拭《ふ》いた。

あらゆる面で、敵《かな》わないのだ。生まれたときから、隔《へだ》てられていたのだ。そう言い聞かせるしかないのは、東西でも変わりはないはずだが、それならば漢族旗人の奴僕《ボーイ》の家に生まれて、清国の皇貴妃にまで上り詰めた永璘の母妃はどうなのだ。

マリーは小蓮の無念を思い、やるせない気持ちで仕事に戻る。

とりあえず六棟ある廂房《わきのや》のうち、四つは住人で埋まった。武佳氏に子どもが生まれれば、阿紫も遊び相手ができて楽しかろうし、ひとが増えて賑やかにもなる。お菓子づくりにも張り合いが出るので、悪いことばかりではない。

考え方が、清国人寄りになってきたのだろうか。

マリーはかぶりを振って、李二《りに》が持ち込んできた野菜の下ごしらえにとりかかる。

しかし、やっと戻ってきたと思っていたマリーの日常は、ほんの束《つか》の間《ま》の休息に過ぎなかった。


日陰《ひかげ》の雪も溶け始め、杏花庵の果樹がどんどん蕾を開き始めたころ。

マリーは永璘の正房《おもや》に呼び出された。そこには顔を強《こわ》ばらせた鈕祜祿《ニオフル》氏も同席している。

作法通りに拝礼をして、立ち上がるように命じられたマリーは、姿勢を正して主人が用件を切り出すのを待った。

「しばらくのあいだ、円明園の養母上様《ははうえ》に仕えてくれ」

永璘の養母穎妃《えいひ》は、現在の乾隆帝の後宮で最も力がある。最年長で敬われているのは愉《ゆ》妃《ひ》であるが、乾隆帝と同じくらい高齢で、彼女が産んだ皇子はすでに他界していることもあり、後宮の運営にはほとんどかかわっていない。

円明園はほんの一部の政庁を除き、その庭園のほぼすべてが、一般人が足を踏み入れることを禁じられた紫禁城の後宮と同義であった。皇族であろうと皇帝の特別の許可がなければ入れない。つまりマリーに何かあっても、永璘はかけつけることはできない。爵位が親王に等しく女性である和孝公主ならば、そこまで厳格ではない。しかし、妊娠中で身軽ではないし、そもそもすでに降嫁し家庭のある和孝は、マリーの都合に付き合わせることのできる人物ではない。

「私、ひとりで、ですか」

慎重に確認するマリーに、永璘は「うむ」重々しくうなずく。

マリーは目の前が真っ暗になった。

キリスト教の唯一神を否定する清国においては、皇帝は自らを天の子と称し、絶大なる専制君主として、支配する国民すべての生殺与奪の権を握っている。

そして後宮とは、皇帝ただひとりに奉仕するために集められた、女たちの花園である。ハーレムを是認《ぜにん》する非キリスト教国において、マリーが後宮について知っている知識はとても偏《かたよ》っていた。だが、ひとたび後宮に入れば、皇帝に何を要求されても拒否権がないということでは、マリーが後宮入りに恐怖を感じるのは正しかった。

「すぐ、ここに帰ってこれますよね」

一縷《いちる》の希望を求めておそるおそる訊ねるマリーに、永璘は言いづらそうに咳払いした。

「ひと月か、あるいはもっとかかるかもしれない。その間、こちらの勤《つと》めは心配しなくていい」

しかし、還暦《かんれき》を過ぎた穎妃の口には、マリーの作る濃厚な洋菓子は合わない。それに、密閉型の石窯のない後宮に上がって、マリーが何の役に立つというのだ。穎妃に仕えるなど、公《おおやけ》にできない理由を包み隠す、体《てい》のいい口実に決まっている。

「何のために……？」

「皇上が、円明園の四十景を工芸菓子にしてみたいと仰《おお》せになった。そのために、マリーに出仕せよと──」

「無理です、無理です、無理……」

反射的に、何か考える前からマリーは嘆願《たんがん》した。

あれだけの庭園のすべてを菓子で作り上げる技量を、マリーは持たない。

西洋楼の一部をピエス・モンテにするために借りた人手は、後宮に立ち入ることのできない男性のものばかりであった。

「私もそう思う。皇上には無理な理由を並べて、お考えを変えていただくよう、お願いしたのだが、聞き届けてはくださらなかった」

永璘は眉間《みけん》に皺《しわ》を寄せて、こめかみを指の関節でぐりぐりと揉《も》みながら嘆息した。嫌々と首を横に振るマリーに、永璘は厳しい口調で続ける。

「これは勅命《ちょくめい》なのだ。勅旨《ちょくし》はないものの、皇上が『こういうものを作ってみよ』と仰せになったら、口勅《こうちょく》といって受けた者は必ず拝命し、果たさなくてはならない」

「でも、でも。できないことはできませんよ！　あの景観を片端からピエス・モンテに作り上げるなんて、規模が壮大すぎて、パリの一流のパティシエだって二の足を踏みます！」

鈕祜祿《ニオフル》氏が立ち上がり、混乱して泣き声を上げるマリーの手を取って慰《なぐさ》める。

「わたくしたちも、瑪麗《マリー》を行かせたくはありません。ですが、わたくしたちには誰ひとり、皇上のご命令を拒否することは、許されないのです」

「そもそも、私の洋行が、宗教がらみではない技術者を、西洋から呼び寄せることであった。その任務が失敗に帰して、慶貝勒府《けいベイレふ》の面目《めんぼく》も立て直せないまま日々が過ぎてしまった。ところがこのたび、献上された海晏堂《かいあんどう》の工芸菓子を御覧になった皇上は、マリーの技能を国費で招聘《しょうへい》した糕點師《ガオディアンシー》として相応《ふさわ》しいものであると、高く評価されたわけだ」

「この王府から、気の利《き》いた侍女と太監をつけてあげます。気心の知れた下婢《かひ》を連れて行きたければ、そうしてもよいですよ」

ふたりがかりでたたみかけられ、マリーは出口のない迷路の奥に閉じ込められたようだ。円明園は、まさにそういうところなのだ。

「嫌です、嫌です。老爺《ラオイエ》、奥様、私をどこにもやらないでくださいよ。それでなければ、私をこの王府から追い出してください。そしたらなんとか自力で広東《カントン》か澳門《マカオ》まで行って、ひとりでフランスへ帰ります。だから後宮だけは勘弁してください」

永璘は眉を寄せて、マリーの肩に手を置いた。

「皇上の命令でなければ、それもできたのだが」

絶望という重石《おもし》がマリーの頭上にずっしりとのしかかってきたが、マリーが逃げれば慶貝勒府にどんな罰《ばつ》が下されるかわからない。永璘が庇《かば》っても庇わなくても、誰にとっても八方塞《ふさ》がりなのだ。出口は円明園という迷宮だけ。

「もしも、伽《とぎ》を要求されると思っているなら、その心配はほぼない。皇上は今年八十歳におなりで、若い秀女の選出はもう長いあいだ行われておらず、和孝のあとは懐妊した女官はいない。養母上《ははうえ》様に頼んでそれとなく調べてもらったが、敬事房の記録でも、妃をお召しになった夜は語らいだけで過ごされるようだ」

「『ほぼ』と『ようだ』って、確定じゃないってことですよね！」

権力者が若い娘を後宮に入れることに、他に何の目的があるというのか。

鈕祜祿氏《ニオフル》が「まあまあ」と割って入る。

「瑪麗《マリー》が耶蘇《やそ》教徒であることは、皇上もご承知の上ですから、無体なことはなさらないでしょう」

「もっと戒律《かいりつ》の厳しい回《かい》教徒のお妃さまも、娶られたじゃありませんか！」

「それは皇上がお若かったときのことだ」

永璘も鈕祜祿氏も、使用人相手にあり得ないほど根気よくマリーを説《と》き伏せる。

現実問題として、他に選択肢《せんたくし》なく、王府にとっても死活問題であった。

それからひと月も経たないうちに、売られていく仔羊のように、マリーは円明園行きの馬車に乗り込んだ。

高《こう》厨師と燕児《えんじ》、李《り》兄弟はもちろんのこと、下女長屋の同僚のみではなく、厨師のほとんどが門まで見送りに出た。陳大河《ちんたいが》の凛々《りり》しい顔は、気の毒そうにしていてもきりっとしている。マリーを大嫌いな王《おう》厨師は悲しそうな顔はしなかったが、人目をはばかってか嬉しそうな表情も見せなかった。マリーの師である高厨師は、娘を嫁に出す父親のような不安げな顔で「体に気をつけろよ」とか「目上には絶対に逆《さか》らうな」と思いつく限りの忠告を注ぎ続ける。

　燕児は歯を食いしばって黙り込み、李兄弟は「工芸菓子を作るだけだよな。きっとすぐ帰ってくるんだろ？」と念を押して、餞別《せんべつ》に彼らが作った点心を提盒《おかもち》に入れ、マリーの両手に押しつけた。

　鈕祜祿《ニオフル》氏は実家にいた当時から仕えてきた、ものの道理と作法をわきまえた碧瑶《へきよう》という名の中堅の侍女を、永璘は後宮時代から彼に仕えてきた黄丹をつけてくれた。マリーは小間使いを選ぶように言われ、同室の面々に相談したところ、小蓮が名乗りを上げた。

　永璘への身分違いの想いを断ち切るために、違う世界に飛び込む覚悟ができたものらしい。

　小蓮は思慮《しりよ》深さとはほど遠く、この人選はマリーを不安にさせたが、ほかに志願者もいなかったので、小蓮を連れていくことにした。

　秀女として上がるわけではないと言いつつ、鈕祜祿氏は上質の絹織物で何着もの長袍《チャンパオ》を新しく作らせた。新調するならむしろ膳袍が助かるのにというマリーの願いは、洗い替えを含めた二着しか叶《かな》えられなかった。さすがに花盆靴は用意されなかったが、靴は絹製の刺繍入りで、とても一介の糕點師《ガオディアンシー》が仕事をしに行くというふぜいではない。

「万が一、ということがありますから。我が王府が十分な支度をしておかなかった、などと後宮の噂《うわさ》になってもなりません」

　と、鈕祜祿氏。

それよりもマリーは父親のレシピと漢仏辞典、お菓子作りに必要な道具を点検して櫃《ひつ》に収めた。

円明園までついてきて、大宮門の前でマリーを見送った永璘は、言い残したことはないかとしばし考えてから、別れの前に付け加えた。

「工芸菓子で困ったことがあれば、如意館《にょいかん》を訪ねれば宣教師に連絡がつく。耶蘇教の典礼に参列する許可を皇上に願い出ることは、不敬にはあたらない」

永璘なりに、いろいろ手を尽くしてはくれているようだ。

しかし、それでも『切り捨てられた』、という思いを強くするのは否めない。

永璘は碧瑶と黄丹にそれぞれ目配せし、小蓮にまで顔を見て名を訊ね、マリーの助けになるように命じた。

初めて永璘から言葉を賜った小蓮が、すっかり舞い上がって頰を染め、「心からお仕えします」と固く誓ったことは、むしろいっそうマリーを不安にしたのだった。

永璘の介添えなく乗り込んだ円明園は、晩秋に訪れたときとはまったく違う風景に見えてくる。風景は木枯《こが》らしの季節よりも明るく、文字通りに百花繚乱《ひゃっかりょうらん》の美しさであるのに、マリーの目にはひどくよそよそしく映るのだ。

九州清晏殿《きゅうしゅうせいあんでん》の宮殿のひとつ、穎妃《えいひ》の宮に落ち着いて、数日は何事もなく過ぎていった。

怖れていた皇帝の訪れはなく、穎妃は輿《こし》を用意させては、マリーを園内の散歩に連れ出したり、後湖の船遊びに付き合わせる。

マリーはこのように悠然とした風景や、幾重《いくえ》にも連なる見事な宮殿をピエス・モンテで表現できるなんて、とても思えなかった。それでも慶貝勒府《けいベイレふ》から持ってきた画板と朝鮮高麗紙《ちょうせんこうらい》に、目に入る景色や事物を写生していく。

お菓子を作りたくて厨房を訪ねたが、そこの料理人は横柄《おうへい》な太監ばかりで、新参の宮女など一歩たりとも中へ入れようとはしなかった。改めて慶貝勒府の厨師たちの、並外れた寛容さが身に沁《し》みる。

仕方がないので、殿舎へ戻っては屋外で描きためた線画に、水彩絵の具で色を塗り、じっとしているのに疲れたら、黄丹《こうたん》を伴って出入りを許された宮殿を歩いて美術品や絵画を見て歩いた。

そのようにして半月も過ぎた頃、マリーが逍遙《しょうよう》から帰ってくると、留守番《るすばん》していた侍女の碧瑶《へきよう》が床に平伏していた。マリーの気配に顔を上げて、必死の目配せをする。書机の前にたたずみ、積み重なった水彩画とスケッチ画をめくる黄色い長袍《チャンパオ》の人物に黄丹が先に気づいて、マリーの裾をつかんで膝を床につき、額を床にぶつける勢いで叩頭《こうとう》した。

碧瑶や黄丹の反応に、マリーは闖入者《ちんにゅうしゃ》の顔を見るまでもなくその正体を察し、膝をついて拝礼した。

「なかなかよく描けている。糕點師《ガオディアンシー》と聞いていたが、絵も描くのか」

こんな近くで乾隆帝と言葉を交わすことなど、想像もしていなかったマリーは、あまりにも突然で何も言葉が出てこない。

「あの、はい」と要領を得ない音が唇から漏れるままに、頭を上げられずにいた。

「皇上、ご挨拶が遅れまして」

乾隆帝の訪れを聞き及んだ穎妃《えいひ》が殿舎に駆けつけた。穎妃のおっとりとした拝礼は、膝の痛みを庇ってのゆるやかな動作であることを知らなければ、とても優雅な印象を与える。

「皇上、先触れもなく、女官の部屋にお運びになるものではございませんよ」

皇帝を窘《たしな》めるような言葉は、長く連れ添った妃でなければ言えるものではない。

「お茶を用意させますわね。瑪麗《マリー》は、こちらにいらっしゃい」

乾隆帝を上席にかけさせ、自らは夫の隣に腰かけ、マリーたちを正しい位置に跪《ひざまず》かせた。扉の陰から、青ざめた小蓮が片目だけのぞかせて成り行きを見守っている。碧瑶が機転を利かせ、小蓮に穎妃を呼びに行かせたのだ。小蓮が出てきても、マリーとその侍女が床に跪いている以上、下婢の小蓮の居場所は室内にはない。マリーが「大丈夫よ」と感謝の目配せと微笑を向けると、小蓮は小さくうなずいて顔を引っ込めた。

穎妃がいれば、間違った作法で乾隆帝を怒らせても、とりなしてもらえるのではと、マリーはようやく息ができるようになる。

「西洋画はどこで習った」

マリーがどう答えたものか戸惑っていると、穎妃が答えるように促す。マリーは正直に答えた。

「北堂のパンシ神父からです」

「清国で学び始めたということか。北京に来て一年ほどであろう。年はまだ若いようであるし、そんな短い間にこれほど上達するものか」

絵の上達速度などは菓子作りと同じで、持って生まれた才能に加え、反復と努力の積み重ねによるもので、ひとそれぞれと思うマリーだが、何か答えなくてはならない。

「どんなに忙しくても、毎日一枚の絵を、花一輪でも写生するようにと、パンシ神父に指導されたので、そのようにしてきました」

「潘廷璋《はんていしょう》がな」

乾隆帝はふんと薄く笑い、「それで、円明園の工芸菓子は作れそうか」と訊ねる。

マリーは許しを請《こ》うときに清国人がやるように、両膝と両手を床について頭を下げた。

「率直に申し上げてよろしければ、見習いの私にはまだ無理でございます。これから先も、できるかどうかわかりません。工芸菓子はそれほど難しいのです」

「海晏堂《かいあんどう》の出来はなかなか見事であったぞ」

「西洋の建物は、見慣れて育っておりますので細部の装飾は記憶にも残っておりますし、フランスでの修業中に、パティシエが洋館を作るところを見学したことがあります。それに、海晏堂はたくさんの人に助けられて、やっとできたのです」

「誰の助けを得た」

鋭く訊かれて、マリーは正直に言っていいものか悩んだ。

「これまで学んだことのない建築様式と噴水の詳細については、北堂の神父さまに助言をいただき、飴細工で私の未熟な技術では成し得ないところは、清国人の飴職人に指導を受けました」

西洋楼のピエス・モンテを作るときに、誰の手を借りてもいけない、という命令は受けていない。だから、手を貸してくれた宣教師や職人に、累《るい》は及ばないはずだと信じたいマリーだ。だが、マリーよりも正確で精緻な絵を描いてくれたのが永璘であるとか、手に入りにくい菓子材料を手配してくれたのが和孝公主であることは、口にできなかった。

「宣教師どもか。確かにかれらならば、西洋楼の資料をいまだに多く持っているであろうな。そなたは、郎世寧《ろうせいねい》を知っているか」

いきなり話題を変えられて、マリーは戸惑う。

「はい。とても有名な画家でいらっしゃいますね」

「誰に聞いた」

とっさに答えられなかったマリーは、永璘の名を出すことを怖れ、考え込むふりをして言葉を選ぶ。

「北堂か、南堂だったかと思います。清国の宮廷でもっとも高い位に登った宣教師がいたと。でも、カスティリヨーネ助修士の事績について、いろいろ知ったのはパンシ神父の絵のレッスンです」

あながち嘘《うそ》ではないので、マリーは罪悪感を覚える必要がなかった。それに、パンシは清国の宮廷画家であり、清国の画家を育てる画院の責任者でもある。絵を学びたい在清フランス人のマリーが、彼の門戸を叩くのは自然な成り行きであろう。

「それで、なぜ潘廷璋は西洋画の技法をそなたに教えているのだ」

清国ではすでに、カスティリヨーネが編み出した欧華折衷《せっちゅう》の画法が確立している。なぜそちらの技術を学ばないのか、と乾隆帝はいぶかしんでいるのだ。いつ清国を追い出されるかわからず、フランスに帰っても通用する西洋の技法を学ぶべき、とパンシが考えたからだとは、たぶん言わない方がいい。

「私は、職業画家になるために絵を学ぼうとしているのではなく、レシピの挿絵に使えるような、すぐにでも役に立つ細密画を学びたかったのです。そのためには、見慣れた西洋画の技法が短い時間で習得できると考えたからです」

「だが、風景画も描いているようだな」

「それは――」

マリーは頭を必死で回転させる。

「風景を描くのも、色を塗るのも、楽しいので、時間があるときの気晴らしに――」

苦し紛れの言い訳の途中に、空気の漏れる鞴《ふいご》を押すような音がした。音の出所を目で追うと、乾隆帝が笑っているのだった。

訊かれたことだけに答えろとか、自分の意見は言うなとか、とにかく皇帝の言うことを否定するな、反論するな、質問もするな、と散々脅されてきたマリーだが、思いがけなく話しやすい老人ではないかという気がしてきた。

とはいえ、油断大敵である。この会見にかかっているのはマリーの命だけではなく、永璘とその家族、そして慶貝勒府《けいベイレふ》の百人を超える使用人たちの明日なのだから。

それにしても、どうにかして永璘との確執（が本当にあるとしたらだが）の原因となるものを探れないものかとマリーは思い始める。

「まあいい。海晏堂《かいあんどう》ほどの出来ではなくても、そなたが気に入った円明園四十景のどれかひとつを、工芸菓子で仕上げてみるといい」

乾隆帝はどうやら本当にマリーの作る工芸菓子をもっと見たいだけの理由で、彼女を召し出したらしい。

マリーはぱっと顔を跳ね上げた。

「あの、でも、お菓子を作る場所が必要なのですが、膳房を使わせていただけません。それに、こちらの膳房には、西洋式の密閉式のオーブンがないため、ピエス・モンテに必要なお菓子が焼けないのです」

「なければ造らせればよい」

そばに控えていた側近の太監に、すぐにマリー専用の厨房を手配するように命じる。

本当にピエス・モンテに興味があって乾隆帝がマリーを召したのなら、もてる力でひとつくらい作ってみるのも悪くはないような気がしてきた。もしも、気に入られるような仕事ができれば、乾隆帝がマリーに心を開いて、永璘の絵を公開できるよう頼めるかもしれない。

あまりに踏み込んで逆鱗《げきりん》に触れ、なにもかもだめにするわけにはいかないが、とりあえずは乾隆帝がなぜ永璘の絵を嫌うのか、マリーはその理由を知りたいと思った。

乾隆帝と穎妃が出て行くと、マリーと慶貝勒《けいベイレ》府《ふ》から連れてきた側近たちは、ほーっと息を吐いてその場に座り込む。次の間に隠れていた小蓮は、いまにも乾隆帝が戻って来るのではという恐れもあらわに、体を縮めるようにして戻ってきた。そして、そっとマリーのそばに来て手巾《ハンカチ》を差し出した。

それでマリーは、額にも首にも、鼻の頭にもびっしょりと汗をかいていることを自覚した。

菓子職人の見習いと、皇帝の闇

乾隆帝はその口から放った言葉の通り、さっそく小楼《しょうろう》のひとつを菓子工房に改築するように命じた。永璘と杏花庵を思い出し、やることが親子だなぁとマリーは思ったが、さすがにこちらの方がスケールが大きく工期も短い。

作るのに時間がかかるはずの耐熱煉瓦《れんが》があっという間に手配される。

菓子工房ができあがるまで、乾隆帝は円明園の四十景のひとつひとつに、マリーを連れ回した。老齢にもかかわらず、乾隆帝は健脚ぶりを発揮して、ほとんど輿を使わない。馬場もあり馬も飼われているところから、乗馬もするのだろう。永璘と視察に訪れたときは西洋楼へほぼ直行だったので、ひとつひとつの景観や建物と、そこに収蔵された芸術品、庭園に植えられた植物などを観賞する機会ができたのは、悪くないことと思う。

ただ、どこへ行っても、乾隆帝の退屈な蘊蓄《うんちく》や、かれが作った詩を聞かされるのは辟易《へきえき》する。未《いま》だ現役で精力的に政務を執《と》る乾隆帝は多忙な人物で、決して話し相手のいない暇な老人ではない。それなのに、マリーを相手に長々と講釈を垂れる時間と元気はあるようだ。

乾隆帝は少年のときから非常に好奇心が強く、向学心に満ち、数カ国語を操り、科学にも天文にも、そして文学にも造詣《ぞうけい》が深かった。祖父の康熙帝《こうきてい》と父の雍正帝《ようせいてい》には、早々に後継者として認められるほど、才気にあふれた皇子であった。そのかれが即位以来、五十年を超える歳月をかけて造り上げた皇家庭園なのだ。芸術を理解する誰かに自慢せずにはいられないのだろう。

しかし、完全なプライベート空間であり、後宮を出て行った皇族すら入れない庭園に、赤の他人を入れるのは論外であった。無知な庶民ならばなおさらだ。マリーが招かれたのは、彼女が作った海晏堂《かいあんどう》のピエス・モンテに、乾隆帝の心の琴線《きんせん》に触れる何かがあったのだろう。

ある日、円明園の中心にある、最も大きな人造の湖『福海《ふっかい》』で、船に乗って中央にある島の離宮『蓬島瑤台《ほうとうようだい》』に渡ったときのことだ。

周りを水に囲まれた離宮だけ、という立地だからではないが、マリーはこの島をピエス・モンテにしようと決めた。四面の景色を眺めつつ、マリーはここで写生をしたいと願い出た。もっとも、『蓬島瑤台』の全容を写生するためには、島からではなく湖の岸辺か、船の上からでなくてはならないだろう。

必要なことは太監に命じる許しを得て、マリーは乾隆帝について離宮へと上がった。

さてここも、外装も内装も、床も家具も、そして装飾品にいたるまで、中華の美意識と贅沢《ぜいたく》の結晶とも言うべき美の饗宴《きょうえん》であった。

マリーはふと、壁に架けられた画軸の前で足を止めた。

見覚えのある画風だ。閑雅《かんが》なたたずまいの書院と、その向こうに奥行きのある庭園が続いている。西洋の透視図法を用いており、建物は中華の造りで、門の向こうにも風流な庭が続いている。室内に飾られた骨董品《こっとうひん》や、書架に詰め込まれた書巻はどれも立体感と質感を持ち、どの調度も写実的に描かれていた。

もちろん、採光の十分な『蓬島瑤台』の離宮では、一目で絵画に過ぎないとわかるのだが、透視図法に慣れない清国人であれば、この建物が湖に囲まれていて、軸画の架けられた壁の向こうには庭などないということを忘れて、絵とは思えずにそこに本物の部屋があり、閑静な竹林があると勘違いしてしまうだろう。

マリーは無意識に手を上げて、その絵に触れようとする誘惑と闘った。

「誰の絵かわかるか」

背後から問われて、マリーはびくりと肩を震わせた。

「絵は中華の書院と庭園ですが、描いたのは西洋人ですね」

「それは、もともと南堂の壁画の代わりに郎世寧が描いた作品だが」

乾隆帝の講釈がふいに遠ざかる。

教会の壁に描かれるフレスコ画は、若いときに宗教画家として西欧に名を馳《は》せたカスティリヨーネの、もっとも得意とするものであった。そのかれが、東洋の教会のために、壁画の代わりに巨大な絹の軸画に描き出した世界は、ひっそりとした無人の部屋と庭であった。

なるほど石造りの薄暗い教会の内装として描かれたものなら、この立体感と奥行きはとても効果的だろう。しかし、広々と明るい『蓬島瑤台』に飾られていては、単なるひと組の絵に過ぎない。

マリーは一歩下がって、あたりを見回した。

この場は、あるいはこの画軸は、互いにまったく似つかわしくなかった。まるでとってつけたような薄暗い部屋と庭の絵は、この日マリーに見せるために、わざわざここに飾られたのではないだろうか。

試されているのだろうか。そうだとしたら、何を？

マリーは喉元までせり上がりそうな心臓のどくどくとした脈動と、息苦しさを覚えた。

「こういう絵を、描きたいと思うか」

自分が問われていることを悟《さと》ったマリーは、はっと我に返った。静かに息を吐き、並べるべき言葉を整える。

「描けたら素晴らしいですが、努力だけではたどり着けない境地だと思います。凡人が何年かけて修練しても、このような絵は描けないと思います。郎世寧――カスティリヨーネ助修士は、天に愛された才能の持ち主だったのでしょうね」

「うむ」

乾隆帝は満足そうにうなずいた。

「西洋人の目から見ても、そう思うか」

「はい」

乾隆帝は、もう一度「うむ」とうなずく。それから、ふいに黙り込んで、画軸をじっと見つめた。

「永璘は、いまでも絵を描いているのか」

マリーはぎくりとして黙り込む。乾隆帝からのこの問いを予期してはいたものの、マリーはどう答えればよいのか、このときもまだ正解を出していなかった。乾隆帝はその沈黙を肯定《こうてい》と取ったようだ。ひとりで何やらうなずいている。マリーは慌てて応えた。

「お描きにはなっているようですが、誰にも見せずに、すぐに燃やしてしまわれます」

手にはじっとり汗が滲《にじ》み出るのに、喉と口の中はカラカラに乾いて声がかすれてしまう。

乾隆帝は背中に回した手を組み、ぐいと胸を反《そ》らした。

「それでいい」

冷然とした乾隆帝のひと言に、マリーは膝が崩れていきそうな絶望を覚える。ここで永璘のために絵を描くことを許してくれと嘆願すべきなのか、逆鱗《げきりん》に触れぬよう、知らぬ顔を保つべきなのか、悩むあまり息が苦しくなってきた。

「西洋人は生まれ変わりを信じぬそうだな」

唐突な質問に、マリーは目を瞬《しばた》いた。単純に答えるならば「是《ぜ》」であるが、皇帝が欲しているいる反応はそれではないように思える。

「一般的には、そうです」

キリスト教の教義や最後の審判について語るのは、あまり良くない予感もして、マリーは当たり障《さわ》りのない言葉を選んだ。

「魂魄《こんぱく》の存在も、信じぬか」

「魂《たましい》の永続性は、信じられています」

「耶蘇教の最後の審判という考えは、理解に苦しむ。日々無数の人間が生まれ、死んでいく。たった一度の人生を裁かれるためにだけ、魂となって永劫《えいごう》の時を待たねばならぬとしたら、あの世は魂であふれかえってしまうではないか」

皇帝は苦笑を禁じ得ないといったようすで、持論を展開する。

マリーは地獄の仕組みも知らないし、聖書に書いてあることや、聖職者の説教にあることと以外に深い知識もなければ、自らの考察もない。

「二十六年前、朕《ちん》が最も寵愛《ちょうあい》した才能を持つ者がふたり世を去った。どちらも天与《てんよ》の才に恵まれ、裁かれるような罪を犯しておらぬ。ふたたび現世に生まれることがあれば、やり残したことを続けるであろうな」

目の前の老人が輪廻《りんね》を信じているのならば、マリーは魂の行き着く先については、自分の意見は口にしないほうが賢明だと考えた。宗教を異にし、死生観を共有しない者同士が、同じ感性を分かち合うことはできないのだ。

それは、清国の短い暮らしだけで得た直感ではなく、欧華の狭間《はざま》に生まれたマリーが、まだ短い人生で学び得た、ささやかな知恵であった。

ただ、少しだけ老人の感傷《かんしょう》の片鱗《へんりん》に触れた気がして、マリーは禁じられていた『下位の者からの質問』をしてしまった。

「陛下は、ふたたび彼らに会いたいのですか」

乾隆帝は振り返り、マリーの顔を見た。その皺の奥の黒い瞳に影が差したが、逆鱗に触れたという感じではなく、かといって怒らせてはいないという確証も得られない。

二十六年前といえば、カスティリヨーネが逝去《せいきょ》した年だ。前年に墓参したマリーは、すぐにそのことに思いが至る。そして、永璘が生まれた年であった。

マリーは息を呑んだが、慶貝勒《けいベイレ》府《ふ》ではこの陰暦の五月に永璘の誕生日を祝ったことを思い出して、カスティリヨーネが他界する前に生まれていたことに安堵《あんど》し、呑み込んだ息を吐いた。

永璘が幼くして誰にも教えられずに西洋の画法で絵を描いたのは、宮殿のあちこちに飾られていたカスティリヨーネの絵を真似《まね》したからであって、才能のある誰かの生まれ変わりであるはずなどない。

だいたい、マリーは輪廻転生《てんしょう》など信じないキリスト教徒である。

だが、宗教にしろ、信仰にしろ、個々の人間にとっては己が信じたことがすべてだ。

それに、もしも乾隆帝が末息子をかの天才画家の転生だと思い込んだとして、その息子が寵愛した画家の才能を持って生まれたのならば、なぜ絵を描くことを禁止する必要があるのか。

清国の皇帝は、輪廻転生《りんねてんしょう》を是とするチベット仏教に帰依《きえ》しているという。ならば、カスティリヨーネの魂を受け継いでいるかもしれない息子を、より一層芸術の高みへと導いてやることに、なんの不都合があるというのだろう。

マリーは乾隆帝の言葉を反芻《はんすう》した。

乾隆帝がその才能を愛した者で、同じ年に世を去ったのはふたり。

もうひとりは誰だろう。乾隆帝は、その年に生まれた皇子に何を期待したのだろう。どちらの魂に、ふたたび生まれてきて欲しかったのだろう。

マリーの鼓動は速まり、脈動が耳の下でどくどくと打つのがうるさく、思考を続けることが難しい。

「でも郎世寧さまは、キリスト教の聖職者でしたから、お亡くなりになったあとは死者の国で最後の審判の日をお待ちになっていて、ふたたび地上に生まれてくることはあり得ないと思います」

乾隆帝はマリーの言葉を聞き流した。

「そなたは、身寄りがいないそうだが、亡くした者たちが、この世に戻ってくることを願うことはないのか」

この人生を正しく生き抜けば、死後は神の国で愛する者たちと再会できる。それがマリーの信仰だ。

「ありません」

短く答えるマリーに、乾隆帝はふんと鼻先で笑った。


マリーは自分の殿舎に戻ると、黄丹をつかまえて二十六年前に逝去した人物について訊ねた。黄丹は「うーん」と唸《うな》りつつ考え込む。指を折り、マリーの知らない名前を繰りながら、はっきりとは思い出せないようだ。

マリーは声を潜《ひそ》めた。

「皇上が、とても愛された人で、すごく才能があった人物」

黄丹は「あっ」と声を上げた。

「老爺《ラオイエ》がお生まれになった年ですね。それなら、五阿哥《あか》ではないでしょうか。愉妃《ゆひ》の御所生で、老爺がお生まれになってすぐ、二十五で世を去られました。労咳《ろうがい》を患っておいでだったそうですが、とても才能に恵まれた方で、多芸多才の見本というか、文武にともに秀でて、満蒙漢《まんもうかん》の三言語に堪能《たんのう》で、あらゆる学業を修《おさ》め、人柄は穏やかで優しく、しかも円明園が火災に遭ったときは、皇上を背負《せお》って逃げられたそうです。どの学問も優れておいででしたが、史学家として名を成されました。皇太子とも見込まれていたとの噂で、当時の皇上のお嘆《なげ》きはひとかたではありませんでした。そのあと、続けてご寵愛なさっていた画家も世を去り、さらに、ご即位前から連れ添ってこられた皇后の烏拉那拉《ウラナラ》氏が皇上の御勘気にふれ、そのままお亡くなりになってしまいました。あの年は不幸が続いて、皇上が大変お嘆きになっておいでだったのを、奴才《やつがれ》は覚えております」

　当時は永璘の母妃は生存していて、黄丹はその令妃《れいひ》に仕えていたのだから、覚えているのだろう。そんな不幸な年に産声《うぶごえ》を上げてしまった十七番目の皇子は、すっかり霞《かす》んでしまったのだろうか。

「いえいえ、そうではありません。なにしろ当時は最もご寵愛されていた妃に生まれた二人目の男子ですから、それはそれは大事にされて、たぶん、最後の皇子になるという御予感もおありでしたのでしょうか、まだ老爺《ラオイエ》が匙《さじ》も持てない時から、皇上は自ら筆を執って文字をお教えになりました。数ある皇子の中で幼少期をともに過ごされた時間は、うちの老爺が一番長かったのではないでしょうか」

そういうことだったのかと、マリーは腑に落ちた。

最愛の皇子が不治の病で命の火を消した年に生まれた赤ん坊に、乾隆帝は多大な期待をかけたのだ。五男は才能は豊かであったが、病に冒《おか》された体では長く生きられない。だから生まれ直すために世を去ったのではと、溺愛《できあい》した息子を忘れられない父親は、勝手に思い込んだのだろうか。

しかし十七番目の息子は、清国人であればあり得ない洋風の絵を、それも幼くして誰にも教えられずに描いたのだ。輪廻転生を信じる乾隆帝は、皇子の前世は、最も優秀で清国の未来を託したいと考えていた愛児ではなく、異教徒の宣教師がこの国を教化するために、己の帝室に生まれてきたのではと疑い、戦慄《せんりつ》したことだろう。

もちろん、乾隆帝から本心のすべてを聞き出すことができない以上、マリーの想像に過ぎない。カスティリヨーネの作品はいまでも宮殿のあちこちに飾られていて、賞賛されている。だが、そう思えば納得ができた。

「老爺は十代となっても学問に身をお入れにならず、皇宮を抜け出されて十五阿哥《あか》の王府へ遊びにおいでになったり、ほんの数人の随身だけを供に城下をふらついたりなさったりしたので、当時はますます皇上の御不興を買うようなありさまで」

黄丹は汗をかきながら当時のようすを教えてくれた。

第五皇子の評判を聞く限り、永璘では足下にも及ばない。早世した皇子のように得がたく有能な人材となることを願っていたのに、物心ついてきた息子が寝ても覚《さ》めても洋風の絵ばかり描いて、他のことに興味を示さず遊び歩いていれば、父親にはそう思えても仕方がないだろう。

「親の思い込みや期待を、勝手に押しつけられてもね」

そうだとしたら、ちっとも学問にも武芸にも才覚を現さない末息子を冷遇していることに、説明がつく。それにしても、永璘の少年期の素行が感心できるものでなかったのならば、ますますカスティリヨーネの転生であることはあり得ない。

マリーは謎をひとつ解いたのかもしれないが、その発見はなんの解決にもなり得ないことを、確認しただけであった。

八方塞がりな気持ちのやり場に困り、マリーが寝室に閉じこもって枕をバンバン叩いていると、小蓮が心配そうに入ってきた。

「どうしたの」

誰にも言えない秘密に、唇を噛《か》んだマリーは首を横に振った。

「慶貝勒府《けいベイレふ》に帰りたい」

言葉にしたとたんに、ぽろりと涙がこぼれた。自分のことでもないのに、泣けてしまうなんておかしい。きっと、ただのホームシックだ。

帰りたいのは永璘のいる場所なのか、それとも、マリーがなんであろうと、何になりたいと望もうと、無条件に愛してくれる両親のいた、パリのつつましい自宅だろうか。

「うん、私も」

小蓮が小声で同意した。

「お父さんとお母さんに会いたい」とマリー。

「私も。私の両親は生きてるけど、会いたい」小蓮ももらい泣きをしている。

同じ都に住んでいても、奉公のために家を出てしまえば、年に数えるほどしか親に会いに帰ることもない。

マリーは手巾《ハンカチ》で目と鼻を拭いて、枕を正しい位置に戻した。

「さっさとピエス・モンテを作って、私たちの王府へ帰りましょう」

「うん」

小蓮も顔を拭いて立ち上がった。


小さな島が三つ、橋でつながっている。

真ん中の方形の島が一番大きく、狭い陸地にはこぢんまりとした五柱の宮殿が建っている。

黄色の瑠璃瓦《るりがわら》は主殿と楼門のみに使われ、あとは緑と赤の屋根と柱が風景に溶け込んでいる。剝《む》き出しの地面はほとんどなく、島の正面から側面へはぐるりと回廊が巡らされ、西側には望台らしきテラスと、東側には二層の建物。わずかな地面に申し訳程度に松の木が植えられている。島の入り口は湖面におりていく石段のみで、東西の小島には橋を渡っていかねばならない。

小山と巨岩から成る東側の島には、六角の四阿《あずまや》がぽつねんとして建ち、こちらは枝垂《しだ》れ柳《やなぎ》や紅葉する低木が植えられ、閑雅な趣《おもむき》を添えている。

西側の小島は黄色も赤も使わない、白壁の謙虚な建物が二棟。おそらく管理人の住居と倉庫を兼ねている。風と日射しを除《よ》けてくれそうな高さと数の松が、島の隅《すみ》に植わっていた。

島の周囲はただただ、陽光を反射するさざ波と、ところどころ風に撫《な》でられる水草の群れ。

福海を囲む陸はなく、あたかも絶海に浮かぶ仙境のようだ。

風に揺れる柳の枝は、緑色の糸飴を房状にしたものだ。触れたらすぐに壊れてしまう。つまんで口に入れたらほろほろと溶けて、舌の上で消えてしまうだろう。

表面の飾りはほとんど砂糖菓子で仕上げた。平面は薄くスライスしたヌガーを貼り付けて、色をつけられるところは植物由来の染料を使い、筆で描き込む。

海晏堂《かいあんどう》に比べると宮殿の造りは写実的とはほど遠く、明らかに拙《つたな》い出来ではあった。しかし、半透明の飴に細かな変化をつけて表現した湖面のさざ波と煌《きら》めきは、我ながら素晴らしい仕上がりだ。

四回の試作の末、やっと満足のゆくものができあがった。

黄丹と小蓮は、作り置きのビスキュイと、小山に使ったスポンジケーキ《ジェノワーズ》の切れ端でお茶を飲みながら、なかなかよく出来ていますと褒めてくれた。

自分ひとりの力でできるのは、これが限界ではと思う。何度も同じ物を作り続け、あるいは異なる菓子を試してみれば、よりよい作品は作れるだろう。とはいえ、もうやりたくない、というのがマリーの本音だった。興味も情熱もないところに、技術は向上しないし、芸術は生まれないのだ。

太監が皇帝の来訪を告げる。黄丹と小蓮は慌てて卓の上を片付け、壁に沿って平伏した。穎妃とともに完成品を見に来た乾隆帝に、マリーはもうかなり上達した滑らかな動作で、拝跪《はいき》叩頭《こうとう》をした。

「ほう、かなりそれらしくなってきたではないか」

乾隆帝は試作工程から何度も作業場へ足を運び、できあがった試作品だけではなく途中の作業まであれこれと質問したり、「ここは違うのではないか」と口を出して、マリーを苛立《いらだ》たせた。

「そろそろ他の庭園に取りかかってみてはどうだ」

もうやめたい、とマリーの悲鳴が喉まで込み上げる。やる気がかなり消耗《しょうもう》している。

「おそれながら、お願い申し上げます」

マリーは額を床につけたまま、勇気を振り絞る。

「私は糕點師《ガオディアンシー》としてはまだ見習いです。工芸菓子の他にも、学ぶことがたくさんございます。なのに、現在は修業が中断された状態です。師のもとへ戻り、修業を再開する許可をいただけないでしょうか」

沈黙が降りた。誰も、何も言わない。もちろん、乾隆帝が発言するまで、誰も音を立てることすら許されない。マリーは顔を上げることすらできなかった。

「朕《ちん》のために、工芸菓子作りに取り組むことは不服か」

ひどく不機嫌《ふきげん》そうな声が降ってきた。

正直に言えば「是」であるが、もちろんそんなことは口が裂けても言えない。

「いえ、不服だなどと、とんでもありません。むしろ名誉なことで、職人としてはさらに精進《しょうじん》すべきところです。しかし、私は非常に未熟で、いまだ職人ですらありません。例えば、皇上に画師として仕えたカスティ――郎世寧も、パンシ神父も、他の宣教師も、みな清国に渡るよりも以前から、ヨーロッパのそれぞれの分野で認められ、名声を博した学者であり、芸術家です。私は糕點師《ガオディアンシー》としてフランスのパティシエ試験をまだ一度も受けておらず、見習いとしてもせいぜい三年も経ておりません。自力で作ることのできる菓子は限られ、知識は浅く、独《ひと》り立ちもままならない、中途半端な徒弟に過ぎません。そもそも宮廷に上がって、皇帝陛下にお仕えすることが、おこがましく身の程をわきまえない所業です。本来ならお話があったときに辞退すべきであったのに、この国の作法がわからず、気がつけばこちらにいて工芸菓子を作っていたようなところで」

何日も考え続けてきたのに、だんだんと言葉運びが怪しくなってきて、マリーは息を継いだ。いったん言葉が途切れたら、頭が白くなって何も浮かんでは来なくなった。春の陽気のせいではなく、マリーのこめかみから滲《にじ》みでた汗が頬を伝い、顎からぽとりと滴《しずく》になって床に落ちた。

このために乾隆帝を怒らせたら、マリーは死を賜《たまわ》り、慶貝勒府《けいべいれふ》は閉門させられるだろうか。しかし、マリーはもう限界だった。このまま円明園でピエス・モンテを作り続けても、今日仕上げた蓬島瑤台よりもいい作品は作れない。たぶん、どんどん雑になっていくだろう。

そして、ここから出て行きたくて、慶貝勒府に帰りたくて、フランスに帰りたくなって、いきなり首を吊るか、そこら中にある池や湖に飛び込んでしまうかもしれない。そうしたら、どのみち永璘も巻き添えになってしまうだろう。今の状態では、マリーはどうがんばっても、自分も、慶貝勒府の未来も救うことなどできないのだ。

それに、キリスト教徒としては、ノイローゼのあげく自殺してしまったら、天国の両親と婚約者に会えなくなってしまう。だったらいっそのこと処刑されてしまえば、すぐにでも家族に再会できるのだから、その方がほうがずっと都合がいい。

長引く沈黙は、マリーがいきなり言葉を切ってしまったので、嘆願が終わってないと思われ、最後まで言い尽くすのを乾隆帝が待っているのだろうか。

マリーはおそるおそる顔を上げた。

乾隆帝は口をへの字に曲げて、マリーをにらみつけている。穎妃《えいひ》は驚愕《きょうがく》にかえって無表情をつくろって、マリーでもピエス・モンテでもない、どこでもないところへ視線を泳がせていた。

もうずっと、マリーは穎妃に慶貝勒府《けいべいれふ》へ帰して欲しいと頼み込んでいた。

穎妃は乾隆帝が喜ぶピエス・モンテを作ったらとりなしてやる、と言い続けてきた。蓬《ほう》島瑤台《とうようだい》の出来を褒めた今日がそのときなのだから、約束を果たして欲しいと切に思う。

乾隆帝がおもむろに口を開いた。

「そちが一人前の糕點師《ガオディアンシー》になるのに、何年かかる」

「えっ、と——あの、十年くらいでしょうか」

「そのとき、朕は九十歳だ。そちの完成された工芸菓子を見るまで、生きていると思うか」

マリーはごくりと喉を鳴らした。

そんな問いに、どう答えろというのだ！

すっかり硬直しているマリーを庇《かば》うように、穎妃が前に出た。

「皇上——」

「答えよ！」

雷が落ちたみたいに、誰もがひれ伏す。八十でなんという迫力だろう。

怒鳴りつけられて一度は床まで下げた頭を、マリーはゆっくりと上げた。

「私はただの人間です、未来のことはわかりません。でも、私の婚約者は十七で亡くなりました。両親はともに三十代でした。みんな健康だったのに、長引く飢饉《ききん》と戦争のために、パンを求めて市民が起こした革命に巻き込まれて、短い命を終えました。皇上は八十におなりと聞きますが、お顔の色はよく、背筋も正しく、歩く姿も健康そのものです。そして清国は平和で栄《さか》えていて、どこにも暴動や戦争が起きる気配はありません。このままいけば、十年でも二十年でも、皇上はお元気でおられるのではないかと思います」

言い終えて、マリーは平伏した。心臓が頭蓋骨《ずがいこつ》まで上がってしまい、下がらなくなってしまったように、頭の中がガンガンする。

まったく用意していなかったし、練習もしていなかった口上だ。思いつくままに口走ってしまい、ちゃんと正しい北京《ペキン》官話で話せたか、まったく自信がない。そもそも伝わったかどうかもわからない。それこそ誤解されて身の破滅を招いただけかもしれない。

また、あの穴のあいた鞴《ふいご》から、空気の漏れるような音が聞こえた。

「ふうむ。朕はまだまだ生きそうか」

それはマリーに向けられた問いではない。親しい者に戯《たわむ》れかける響きがあった。すぐに穎妃が応じたところから、マリーの勘は正しかった。

「もちろんです。皇上は百歳までも長生きされます」

そしてまた鞴から空気の漏れる音がして、マリーはゆっくりと顔を上げた。

「よい。師のもとで修業を続けたければ、帰るがよい。ただし条件がひとつある」

マリーは顔中に喜色を広げて、上体を上げた。

「円明園四十景のうちから、毎年ひとつ、いや、ふたつずつ工芸菓子を作って、献上せよ。そうすれば、朕が生きているうちにすべての工芸菓子を見ることができるな」

マリーは（本気で百まで生きるつもりかぁ）と思わなかったわけではない。しかし、永璘が親王になるまで、最低でも二十年は待たないといけないと思うと、はからずもがっかりしてしまうことは許して欲しいと思った。

「ありがとうございます」

マリーは乾隆帝の気が変わる前に、礼を言った。

「それから、今年の夏はそちも熱河《ねっか》へ同行するように」

マリーの眉毛がぐいっと上がる。しかし、いまのは口勅《こうちょく》というやつだ。拒否は許されない。質問も許されない。

「はい」

マリーは額が床にめり込む勢いで叩頭した。

とりあえずは、慶貝勒《けいベイレ》府《ふ》に帰れるのだ！

円明園に入ったときはまだ早春だったのに、あたりはすっかり初夏の気配だ。

揺れる馬車の中で、小蓮が沈んだ声でつぶやく。

「王府に帰っても、すぐに熱河に行く準備しないといけないね」

「うん。でも、熱河って行ってみたいと思ってたから。お菓子を作れる膳房があれば、きっと楽しいかも。北京って、暑いから」

「そしたら、私もついていっていい？」

小蓮がすがるような目でマリーを見つめてくる。

「あんなに王府に帰りたがってたのに？」

マリーが笑いながら問い返せば、小蓮はくすくすと笑う。

「王府には帰りたいけど、また皿洗いの日々はちょっとしんどい。後宮で楽をし過ぎたせいね。もとの暮らしに戻れるかな」

「小蓮、お菓子作りと道具の手入れ、かなり覚えたよね。西洋菓子工房にはまだ専属の助手がいないから、老爺《ラオイエ》に頼んでみようか」

マリーが申し出ると、小蓮は顔を輝かせる。

「私はどうなるんですか」

甲高《かんだか》い声で会話に入ってきたのは黄丹だ。

「黄丹さんは杏花庵の管理があるじゃないですか。あちらはあちらで、絵の練習に使っていいって、老爺の許可をいただいているし、菓子茶房としても続くわけだから、黄丹さんを引き抜くわけにいかないし、それに、黄丹さんはもともと、老爺の近侍じゃなかったかしら」

「それはそうですが」

黄丹は決まり悪げに頭をかいて、苦笑いした。黙って見守っていた鈕祜祿《ニオフル》氏の侍女が、にこりと微笑む。

「黄丹さん、それから碧瑶《へきよう》さん」

マリーは侍女に向き直り、心からの礼を言った。

「お世話になりました」

「いえいえ」

鈕祜祿《ニオフル》氏の侍女は鷹揚《おうよう》に微笑んだ。後宮のきまりや清国のしきたりでマリーがへまをしないよう、ピエス・モンテに集中できるよう、この碧瑶がつねに目を配ってくれたお蔭で、大過なく仕事ができた。

慶貝勒《けいベイレ》府《ふ》の広亮大門の前で馬車を降り、中に入って影壁を左へ曲がると、垂花門《すいかもん》のところで手を背中で組みまっすぐに立つ永璘が、朗《ほが》らかな笑顔でマリーを待っていた。

「五体満足で帰ってきたな」

マリーは膝を折って拝礼し、「老爺《ラオイエ》もお元気そうでなによりです」と応じた。

「立ちなさい。みなマリーの作る菓子を待ちわびている。特に阿紫《あじ》がな」

「老爺は、待ちわびてくださいましたか」

永璘は笑みを満面に広げてうなずいた。

「ああ、毎日待ちわびていたから、首が伸びてしまった」

そう言って掌ですらっと長い首を擦《さす》る。

永璘に再会できてとても嬉しいのに、マリーの眉は曇《くも》った。

乾隆帝が勝手に抱えてこじらせている永璘との溝を、マリーは話すべきだろうか。

何もかも推測であるし、マリーの勝手な思い込み、あるいは勘違いかもしれない。

永璘にとっては、会ったこともない兄や画家と比べられ、疎遠《そえん》にされてしまったことなど、知らないままの方が幸せかもしれない。

ちゃんと確証がつかめてからきちんと分析して、心の整理がついてから話した方がいいかもしれない。

帰還の喜びに、水を差す必要などないのだ。

前院に入ると、高《こう》厨師や孫燕児《そんえんじ》、李《り》兄弟と陳大河《ちんたいが》ら他の厨師も出迎えにきてくれていた。そして、中院へと続く屋根付きの楼門、過庁から駆け寄ってくる濃い桃色の小さな影。

「ま、りー！　おかえり」

かわいらしい幼女が、あたかもバレエのグラン・ジュテでも演じるように、片足を踏み切って大きく飛び、マリーの胸に飛び込んでくる。マリーは両手で阿紫を受け止めた。

「姫さま。お迎えありがとうございます」

見回せば、鈕祜祿《ニオフル》氏も過庁まで出てきて、上級の使用人たちも並んでいた。小杏《しょうあん》、小葵《しょうき》、永璘の側には侍衛の何雨林《かうりん》がいつもより柔らかな表情をして、鄭凜華《ていりんか》はいつもどおり和《なご》やかに微笑んでいる。

マリーは慶貝勒府をぐるりと見回して、大きな声で叫んだ。

「ただいま、帰りました！」

参考文献

『食在宮廷《しょくはきゅうていにあり》』　愛新覚羅浩著（学生社）
『乾隆帝伝』後藤末雄著（国書刊行会）
『王のパティシエ』ピエール・リエナール、フランソワ・デュトゥ、クレール・オーゲル著　大森由紀子監修　塩谷祐人訳（白水社）
『中国くいしんぼう辞典』崔 岱遠著　川浩二訳（みすず書房）
『お菓子でたどるフランス史』池上俊一著（岩波書店）
『随園食単』袁枚著　青木正児訳注（岩波書店）
『紫禁城の西洋人画家　ジュゼッペ・カスティリオーネによる東西美術の融合と展開』王凱著（大学教育出版）
『清王朝の宮廷画家　—郎世寧とその周辺の画家たち—』王凱著（大学教育出版）
『カスティリオーネの庭』中野美代子著（講談社）
『世界の名建築解剖図鑑　新装版』オーウェン・ホプキンス著　伏見唯／藤井由理監修　小室沙織訳（エクスナレッジ）

本書はハルキ文庫の書き下ろし作品です。

Haruki Bunko
ハルキ文庫

し 14-5

親《しん》王《のう》殿《でん》下《か》のパティシエール❺ 皇帝陛下《こうていへいか》とお菓子《かし》の宮殿《きゅうでん》

著者 篠《しの》原《はら》悠《ゆう》希《き》

2021年10月18日第一刷発行

発行者 角川春樹

発行所 株式会社角川春樹事務所
〒102-0074 東京都千代田区九段南2-1-30 イタリア文化会館

電話 03(3263)5247(編集)
03(3263)5881(営業)

印刷・製本 中央精版印刷株式会社

フォーマット・デザイン 芦澤泰偉
表紙イラストレーション 門坂 流

ISBN978-4-7584-4439-2 C0193 ©2021 Shinohara Yuki Printed in Japan
http://www.kadokawaharuki.co.jp/[営業]
fanmail@kadokawaharuki.co.jp[編集] ご意見・ご感想をお寄せください。

篠原悠希の本

親王殿下のパティシエール②

最後の皇女

清の皇帝・乾隆帝《けんりゅうてい》の第十七皇子・愛《あい》新覚羅《しんかくら》永璘《えいりん》お抱えの糕點師《パティシエール》見習いとして北京で働く仏華ハーフのマリー。だが永璘の意向で増えることになった新しい厨師たちは女性が厨房にいることに懐疑的。マリーは彼らを認めさせることができるのか？　春節用お菓子作りに料理競技会、はたまたバレンタインまで！　行事目白押し、そして乾隆帝が最も愛した末娘、無敵のお姫様登場の、中華美食浪漫第二弾！

ハルキ文庫

篠原悠希の本

親王殿下のパティシエール③

紫禁城のフランス人

大清帝国第十七皇子・愛新覚羅永璘《あいしんかくらえいりん》お抱えの糕點師《パティシエール》見習いとして北京で働く仏華ハーフのマリー。だが男ばかりの厨房で疎まれ、マリーは一人別の場所でお菓子修業をすることに。それでも清の料理を学び、腕を上げたいマリーは、厨房に戻るべく、お妃様から認めてもらうため紫禁城へ！　更に主人永璘の秘密も明らかになってきて……。クロワッサンにマカロン、お菓子の家まで、豪華絢爛、美食礼賛の第三弾！

ハルキ文庫